너에게 오는 건
사람이 아니라 사랑이야

너에게 오는 건
사람이 아니라 사랑이야

아오야마 미치코 지음 이경옥 옮김
초판 1쇄 발행일 2023년 3월 15일 초판 2쇄 발행일 2023년 4월 28일
펴낸이 이숙진 펴낸곳 (주)크레용하우스 출판등록 제1998-000024호
주소 서울 광진구 천호대로 709-9 전화 (02)3436-1711 팩스 (02)3436-1410
인스타그램 @bizn_books 이메일 crayon@crayonhouse.co.kr

ISBN 978-89-5547-990-4 04830

너에게 오는 건
사람이 아니라 사랑이야

아오야마 미치코 지음
이경옥 옮김

빚은
책들

※일러두기
　본문 안에서 옮긴이의 추가 설명은 각주로 표시되어 있습니다. 그 외에는 원문에 따랐습니다.

차 례

프롤로그

벽에 걸린 한 점의 그림 앞에 나는 서 있다.

그 그림은 많은 것을 이야기한다. 나만 알아듣는 언어로.
나는 사랑스러운 그 모습과 마주하며 미소 짓는다.

아아, 좋은 그림이다.

1장

금붕어와 물총새

시작이 있으면 끝도 있다.

그걸 알면서도 모른 척하거나 또 마지막 따위는 오지 않는다고 정말 그렇게 생각해 쉽게 누군가를 좋아한다. 혹은 누가 좋아한다고 고백하면 어쩐지 자기도 그런 기분이 들어서 '나도 그래'라고 답한다. 그런 두 사람이 이 세상에는 넘쳐난다. 냄비 속 물이 보글보글 끓다가 수증기로 사라지듯이 여기저기서 시작되었다가 끝이 난다.

뭐든지 그렇다. 시작은 생각보다 쉽고 끝은 늘 허무하다. 어려운 것은 계속 이어가는 일. 어디가 종착점인지 알 수 없이 변해가도 변함없이 계속 이어가는 것이다.

그림 모델을 해달라는 부탁을 받았다.

이제 막 1월이 된 멜버른은 한여름이라 야라 강변의 노천 카페에서 우리는 햇빛을 피해 큰 파라솔 아래로 들어가 레모네이드를 마셨다.

많은 사람이 오가는 산책길 너머는 수면이 반짝반짝 빛난다. 강인데도 살짝 비릿한 바다 내음이 떠도는 듯하다.

"내 친구 중에 화가 지망생이 있는데 레이 사진을 보여주니까 그리고 싶대."

깜짝 놀라 눈이 휘둥그레졌다. 모델로 삼고 싶을 만한 특별함이 나에게 있다고 생각하지 않았기 때문이다.

"왜 나를?"

"머리카락이 멋지다고 하더라. 이렇게 긴 생머리는 호주에서는 거의 찾아보기 어렵잖아. 전부터 동양인 여성을 그리고 싶었대."

내 긴 머리카락을 손가락으로 빗으면서 그가 말했다. 파마나 염색을 한 적이 없는 내 검은 머리카락은 그의 손가락 사이로 찰랑이며 흘러내린다.

이 손의 주인은 모두가 '부'라고 부르는 사람이다. 그 애칭이 마음에 드는지 자기소개를 할 때면 "I'm boo(나는 부입니다)"라고만 한다. 호주에는 대만인과 한국인도 많아서 처음에는 일본인인지도 몰랐다. 진짜 이름을 안 것은 꽤 시간이 흐른 뒤였다.

"모델은 해본 적 없는데."

내가 주저하고 있으니 부는 한 손을 흔들었다.

"그저 앉아 있기만 하면 돼. 다음 주 중에 하루만 안 될까? 사실은 며칠을 부탁했지만 이제 날도 얼마 안 남았으니."

나는 침묵했다. 잠시 우리 사이에 어색한 기운이 감돌았고 부가 얼굴을 피하며 턱을 괴었다. 나도 눈을 내리깔고 빨대를 만지작거렸다.

날이 얼마 안 남았다. 왜냐하면 나는 다음 주말에 일본으로 돌아간다.

내가 교환 학생으로 멜버른으로 온 것은 작년 1월 하순이다. 이쪽 대학의 신학기가 시작되는 2월에 맞춰서 왔다. 꼬박 1년을 여기서 보냈다. 모든 절차를 끝냈고 돌아갈 비행기 표도 샀다. 이제 일본 대학으로 돌아가서 또 1년 동안 졸업에 필요한 과목을 이수해야 한다. 게다가 취업 활동과 졸업 논문이 기다리고 있다.

고개를 떨구고 있던 부가 갑자기 스위치가 확 바뀐 것처럼 쾌활하게 웃는 얼굴로 나를 본다.

"하루만 부탁할게. 에스키스만으로도 좋다고 하니까."

"에스키스?"

들어본 적이 없는 말에 내가 고개를 들었다.

"초벌 그림 같은 거야. 실제 그림을 그리기 전에 구도를 잡는 데생 같은 거지. 그걸 보면서 다시 시간을 들여 완성한대. 그래서 하루 아니, 반나절도 괜찮아."

태평스럽고 명랑한 목소리다. 부의 이런 말투에 나는 언제나 말려든다.

"……알았어."

내가 대답하자 부는 헤헤 웃으며 '화가 지망생 친구' 이야기를 시작했다.

아르바이트를 몇 개씩 하면서도 독학으로 수채화 위주의 그림을 그린다고 한다. 이제 막 스무 살이 되었다고 하니 부와 나보다 한 살 아래다.

"잭 잭슨이라고 해. 본명이야, 멋지지."

부는 하얀 이를 드러내면서 자기 일처럼 득의양양하게 말한다.

강바람이 불어와서 부의 긴 앞머리가 날렸다. 드러난 평평한 이마, 짙은 눈썹. 쌍꺼풀이 진 눈은 동그랗다. 설날 음식의 검은콩처럼 윤기 있게 반짝인다.

나는 이제 이 얼굴을 몇 번이나 볼 수 있을까?

잭 잭슨은 서양인치고는 몸집이 작았다. 160센티미터가 되지 않는 나와 비슷한 정도다. 밝은 갈색 머리카락은 제멋대로 엉켜서 구불거리고 작은 눈은 영리해 보이면서도 어딘가 천진난만해서 나무 뒤에 숨은, 온순하고 작은 동물을 연상케 한다.

　부가 나를 소개해서 나도 인사했다. 잭은 고개를 살짝 숙이며 미소 지었다. 일본어는 거의 모른다고 부가 설명했다. 우리는 영어로 가벼운 잡담을 나눴다.

　방문한 곳은 잭의 아틀리에에……라고는 했지만 거기는 잭이 사는 아파트였다. 바깥은 화창한데 그곳은 비 오는 날처럼 축축한 물비린내가 났다. 창가 벽에 딱 붙인 작은 침대가 있고 비치된 가구는 최소한이며 모두 색이 바랬다.

　방 한가운데 도화지가 놓인 이젤이 있다. 잭은 그 앞의 둥근 의자에 앉았다.

　맞은편에는 등받이가 있는 나무 의자가 있다.

　"거기 앉아."

　잭이 말한 의자에 앉으니 의자 다리 중 하나가 닳았는지 아니면 앉는 부분이 기울어졌는지 삐걱 소리를 내며 의자가 살짝 기울어진다.

　정면을 향해 앉은 나를 보고 잭은 수줍은 듯 요청했다.

　"조금만 비스듬히 앉아줄래? 이쯤을 보면 될 것 같아."

　잭은 왼손으로 자기 옆 허공을 가리킨다. 그곳에는 부를 위해 준비한 듯한 둥근 의자도 있었는데, 부는 그 의자에 앉지 않고 책장에 있는 책을 보거나 창밖을 바라보며 어린애처럼 진득이 있지 못하고 우왕좌왕했다.

조금이라도 자세가 흐트러지면 잭은 무서울 정도로 가만
히 나를 본다. 어쩐지 긴장돼 몸이 굳었다.

"움직여도 괜찮아. 편하게 해."

창가에 서 있던 부가 일부러 우수운 표정을 지으며 나를
웃기려 든다. 그걸 무시하고 새침하게 턱을 올리니 부는 히
죽거리면서 침대 끝에 앉아 가까이 있던 화집을 편다.

갑자기 잭이 미소 지으며 말한다.

"옷 색깔이 예쁘네."

내가 입고 있는 빨간 면 블라우스 얘기다. 단순한 둥근 카
라에 반소매 끝에는 프릴이 달렸다. 가슴팍에는 파란 새 브
로치를 달았다. 그림 모델은 처음이라서 어떤 옷을 입어야
좋을지 몰라 몹시 고민하다 이 옷을 골랐다.

내가 그날도 이 블라우스를 입었던 걸 부는 기억할까?

✳

부와는 작년 3월 초에 알게 됐다.

나는 도심에 있는 면세점에서 아르바이트를 했다. 일본인
학생을 흔쾌히 써주는 곳은 관광객이 찾는 특산품점이나 일
본식 식당 정도다. 경쟁률도 높아서 멜버른에 온 날부터 이

곳에 채용되기까지 많은 곳에서 면접을 보았다.

좀체 답변을 주지 않는 곳도 있었고 가게 안에 붙어 있는 구인 광고를 보고 지원하는데도 "우리는 이제 모집 안 해요"라고 말하는 곳도 있었다.

일주일에 두 번, 몇 시간 하는 일로는 큰돈이 되지 않지만, 결코 넉넉하다고 할 수 없는 부모님께 이 이상 손을 벌리기도 마음이 불편했다. 학교생활만으로도 벅찬데 아르바이트를 찾느라 많은 시간을 들이고 싶지 않아서 채용해주는 것만으로 감사하게 여겼다.

어느 날은 유리라는 일본인 선배와 같은 시간에 일하게 되었다. 유리 씨는 워킹홀리데이로 멜버른에 와 있는 아홉 살 연상의 여성이다.

솔직히 말하면 유리 씨가 싫었다. 그만큼 엄청나게 크게 입을 벌리고 엄청나게 큰 목소리로 웃는 여자를 지금껏 본 적이 없었다.

그리고 무슨 일이 있으면 과장되게 호들갑을 떨며 "Oops!"라고 외친다. 여기 사람들이 자주 사용하는 말로 약간 실수했거나 혹은 놀랐을 때 쓰는 '어머나!' 같은 의미의 의성어다. 그걸 들으면 왜 그런지 내가 다 부끄럽다.

하지만 일터에서는 몇 안 되는 일본인이라 든든했고 말을 걸어오면 무시할 수는 없다.

"내일 남자 친구랑 걔 친구들하고 공원에서 바비큐 파티할 거야."

손님이 뜸해져서 가게가 한가해졌을 때 유리 씨가 말했다.

"좋겠네요."

무난하게 대답했는데 "올래?"라고 묻는다.

애매하게 말끝을 흐렸더니 "같이 하자"가 되더니 금세 "오는 거다"가 되었다.

멜버른에 온 지 한 달이 지났다. 그런데도 나는 친구가 한 명도 없다.

애초에 적극적으로 사람과 관계를 맺는 편은 아니다. 그러나 교환 학생으로 해외에 나오면 나도 변할 것이라는 기대가 있었다.

십대 무렵부터 무엇을 할 수 있을지 쭉 생각해왔다.

영어를 좋아했다. 그래서 대학도 영문과로 진학했고 교환 학생 선발 시험에 도전해서 합격했을 때는 정말로 기뻤다. 호주로 가서 살아 있는 영어를 배우고 여러 가지 경험을 하며…… 나는, 나를 발견할 것이다. 그렇게 생각했다.

교환 학생 관련 팸플릿과 경험자가 쓴 보고서를 읽고 있을 때가 가장 설렜다. 멜버른에 있는 대학에 가기만 하면 적극적으로 국적을 불문한 여러 친구를 만들어 영어도 술술 할 수 있으리라는 얄팍한 희망을 품고 있었다.

그런데 멜버른에 도착한 나는 전혀 잘해나갈 수 없었다. 어두침침한 학생 기숙사의 학생들과는 전부 마음이 맞지 않았고 공동 부엌과 샤워실도 너무 사용하기 힘들었다.

그래서 대학에서 향학심이 있는 친구들과 만나길 기대했지만 졸거나 잡담만 늘어놓는 학생들뿐이어서 그들의 허술함만 눈에 들어왔다. 그렇다고 우등생인 척 도도하게 굴 수가 없었다. 자신 있던 영어가 여기서는 전혀 통하지 않아 갑자기 열등생이 된 것이다. 같은 반 친구에게 말을 걸 타이밍도 몰라서 어느새 나는 늘 혼자였다.

상상과는 달랐다. 일본으로 돌아가고 싶지 않을 만큼 즐거운 유학 생활을 보낼 줄 알았는데 벌써 일본이 그리워서 견딜 수 없었다.

그렇다고 포기할 수도 없었다. 교환 학생 제도를 이용해 여기 온 이상 나를 보내준 우리 대학의 신뢰와도 관계되기 때문이다. 어지간한 사정이 없는 한 도중에 취소 따위는 할 수 없다.

단 하나의 위로는 기간이 1년으로 정해져 있다는 사실이다.

내년이 될 때까지. 그때까지, 거기까지.

시간이 지나가길 기다리자. 그동안 착실히 학점이나 따기로 했다.

유리 씨는 바비큐 파티가 열리는 공원의 위치와 시간, 지

참해야 할 물건 이야기를 시작한다. 아직 간다고 약속도 안 했는데.

문득 대학 수업에서 내준 주초의 과제가 떠올랐다. 주말 동안 있었던 일을 발표하는 과제다.

'공원에서 바비큐를 했습니다.'

독서나 청소했다는 걸로 대충 넘어가려고 했는데 갑자기 이쪽이 훨씬 더 괜찮을 것 같다. 교수님께도 '쾌활한 학생'이 라는 좋은 인상을 남길 것임이 틀림없다.

내 마음이 바비큐로 기울어진 순간, 유리 씨가 눈썹에 힘을 주는 듯한 표정으로 내게 얼굴을 가까이 들이댔다.

"밝은색 옷 입고 와. 늘 칙칙한 셔츠만 입으니까 어두운 사람이라는 느낌이 들잖아."

그 직선적인 말은 나를 적잖이 침울하게 만들었으나 확실히 일리가 있다.

그래서 아르바이트를 마치고 쇼핑몰에 들러 평소에는 손이 잘 가지 않는 화려한 옷을 찾았다. 생각은 그랬지만 경제적으로 여유도 없고 온통 큰 치수뿐이라 맞는 옷을 도무지 찾을 수 없었다. 세 번째 가게에서 겨우 찾은 것이 10달러짜리 빨간 반소매 면 블라우스였다. 다음 날, 그 옷을 입고 외출했다.

기분 좋은 가을날이었다.

약속 장소인 초록으로 가득 찬 넓은 공원에는 바비큐 그릴이 여러 개 설치돼 있었다. 우리 말고도 음식 재료를 들고 모인 사람들이 몇 팀이나 있었고 다들 기분 좋게 바비큐를 즐겼다.

유리 씨는 내 얼굴을 보더니 "오!" 하고 손을 흔들었고 옆에 있던 호주인 남성을 애인이라고 소개했다. 그리고 그뿐이었다. 그 뒤로는 나를 방치했다.

말을 걸어주는 사람이 두어 명 있긴 있었다. 그런데 말이 빠른데다 호주식 영어를 알아듣기 힘들어서 "Sorry(미안해요, 못 알아들었어요)?"나 "I beg your pardon(한 번 더 말해주시겠어요)?"이라고 몇 번이나 다시 물었다. 그것도 차츰 민망해져서 그저 잠자코 애교스러운 미소만 띠고 있으니 마침내 혼자가 되고 말았다. 당연하다.

열 명 정도 모인 사람들은 죄다 모르는 얼굴들이다. 그런데 나만 그런 건 아닌 듯했다. 이 바비큐 파티에 참여한 사람들은 각자 아는 사람의 소개로 적당히 모인 느낌이었고, 어디의 누구인지 알고 싶으면 그것 또한 적당히 여기저기서 하는 대략적인 자기소개로 넘긴다. 그래도 다들 어느새 친해졌다. 나만 빼고.

I'm boo. 공원에 도착하자마자 몇몇 사람들 앞에서 그 말만 말한 남자가 말을 걸어온 것은 내가 음료수를 한 잔 더 마

시려고 할 때였다.

거꾸로 뒤집어놓은 양동이 위에 종이 팩 와인이 놓여 있었다. 처음 보는 물건이다. 2리터 크기의 종이 팩에 플라스틱 수도꼭지가 달려 있다. 신기해서 찬찬히 보고 있으니 뒤에서 말소리가 났다.

"캐스크 와인(Cask wine)이라고 해. 그렇게 종이 팩에 담은 와인."

느긋한 일본어. 돌아보니 부가 있었다.

긴 앞머리가 눈에 들어온다. 귀에는 피어싱. 헐렁한 멜빵바지를 한쪽 어깨끈 없이 입고 있었다. 칠칠치 못한 것이 아니라 그런 패션이다.

그는 붙임성 있게 미소 띤 얼굴로 내 옆으로 와서 종이컵에 와인을 따랐다. 그리고 나에게 내밀었다. 하얀 컵에 채워진 짙은 루비색 액체.

"고마워."

내가 받자 그는 자기 컵에도 따라서 곧바로 꿀꺽꿀꺽 소리를 내며 마셨다.

"맛있다!"

술을 마실 때 적합하지 않은 유치한 표현이었다.

그가 다른 곳으로 가지 않고 옆에 서 있었기에 안도감을 느꼈다. 그가 옆에 있는 것만으로 내 '자리'가 생긴 듯한 기분이 들었다.

나도 종이컵에 입을 댔다. 술이 그리 센 편은 아니지만 포도 맛이 진한 이 와인 향기가 마음에 들었다.

"금붕어 같아."

프릴 소매의 빨간 블라우스를 입고 있는 나를 보고 부는 그렇게 말했다.

"이런 느낌의 금붕어, 어릴 때 그림책에서 봤거든. 둥근 어항 속에 있는 애."

칭찬하는 건지 놀리는 건지 몰라 애매하게 웃기만 했다. 이런 때 자연스럽게 대꾸하지 못하는 자신이 답답하다.

그래도 긴장했던 마음이 나도 모르게 풀어졌다. 나를 안심시키는 일본어에. '금붕어'라는 익숙한 단어에.

부의 권유로 우리는 종이컵을 손에 들고 벤치로 옮겨갔다.

그리고 나란히 앉아 천천히 와인을 마시면서 서로 자신의 이야기를 조금씩 시작했다.

부가 일본에서 호주로 온 것은 한 살 때쯤이라고 한다. 미술상이었던 부모님이 영주권을 취득한 뒤부터 계속 멜버른에서 자랐단다. 일본 생활은 당연히 생각나지 않는 데다가 철들고 나서는 가본 적이 없다고 했다. 지금은 디자인 학교에 다니고 있으며 그래픽 공부를 한다고 한다.

내가 부와 같은 나이고 이제 막 교환 학생으로 온 것을 알고는 부가 "빅토리아 국립 미술관은 가봤어?"라고 물었다. "아직"이라고 대답하자 연달아 관광지가 나온다. 박물관, 동물원, 식물원. 그 어떤 곳도 아직이었다.

"가봐야지. 안내할게."

그때 말총머리 여자가 지나가다 "아, 부다"라고 일본어로 말을 걸었다. 그 여자는 머리카락의 한 부분을 노란색으로 염색했다.

"뭐야, 헌팅 중이야? 껄렁대는 건 여전하네."

여자는 웃으면서 부의 뺨을 손등으로 탁 쳤다. 부는 움직이지 않은 채 익살스러운 말투로 말했다.

"방해하지 마셔요. 지금 어여쁜 아가씨와 마시고 있으니까요."

그런 재치 있는 대답이 술술 나오는 거침없음이 몹시 부러웠다.

부는 친구가 많을 것이다. 누구든, 어떤 대화든, 상대에 맞게 척척 자연스럽게 대응한다. 그건 재능이다. 내게는 그런 재능이 손톱만큼도 없다.

말총머리 여자는 비로소 나를 본다.

"이 사람, 솜씨가 좋으니까 조심하는 게 좋아요."

그렇게 말하고 여자는 입술 끝을 올려 웃었다. 그런데 눈은 전혀 웃지 않았다. 그리고 그 순간 나 같은 건 안중에도 없다는 듯 부에게 몸을 기대며 속삭였다.

"다음 주까지니까 또 마시러 가자."

"응. 편한 시간에 연락해."

부는 그렇게만 답하고 한 손을 들었다. 여자도 마찬가지로 손을 흔드는 듯하더니 사라졌다.

그 뒷모습을 보고 부가 싱글거리며 설명했다.

"쟤는 3개월 단기 유학으로 왔어. 다음 주 비자 만료래."

"아, 그렇구나."

"일본 젊은 친구들이 참 끊임없이 와. 유학이나 워킹홀리데이로 말이야."

나는 딱히 답을 하지 않은 채 와인을 한 모금 마셨다.

날씨도 좋고 일본에 우호적인 사람들도 많은 호주는 일본에서 인기가 많은 나라다. 내가 다니는 일본 대학도 멜버른에 자매 학교가 있다는 점을 엄청나게 내세운다. 나도 살기 좋은 환경인지를 고려해서 선발 시험을 쳤다.

유리 씨는 남자 친구와 그릴에서 큰 소시지를 굽고 있었다. 몸짓, 손짓으로 뭔가 서로 이야기하며 깔깔댄다.

잔디밭에 드러누운 사람, 갖고 온 원반을 서로 던지며 노는 사람. 고기가 타는 냄새, 나무들을 헤치고 불어오는 바람. 올려다보면 끝없이 푸르른 하늘.

"아니, 진짜, 위험하다니까."

하이톤의 일본어가 들려온다. 아까 그 말총머리 여자가 금발 남자의 팔에 매달려서 큰 소리로 떠들고 있다.

와인의 취기가 도는지 나는 멍하니 눈앞에 펼쳐진 평화로운 광경을 바라보았다.

"용궁이야."

갑자기 부의 건조한 목소리가 귀에 꽂혔다. 나는 자명종 알람을 들은 것처럼 깜짝 놀랐다.

"여기를 용궁이라고 생각해, 다들."

억양이 없는 말투다. 아까까지는 순진하게 웃고 있었는데 지금은 표정이 전혀 없어서 어쩐지 조금 무서워졌다. 내가 유리 어항 속 금붕어라면, 부는 심해에 사는 외로운 물고기 같았다.

"다들이 누구야?"

내 질문에는 답하지 않은 채 그는 담담히 말을 이어갔다.

"여러 명 봤어. 현실 세계라고 생각하지 않아. 그러다가 돌아가고."

화를 내는 것도 슬퍼하는 것도 아니었다.

그는 그저 체념하고 있었다.

하지만 부는 컵 속 와인을 다 마시자마자 다시 쾌활해졌고 그 이후로는 유쾌하게 웃는 얼굴만 보였다. 아까 그 모습은 뭐였는지 의아할 정도로.

그리고 헤어질 때 메모지에 쓱쓱 전화번호를 적고는 "편할 때 연락해"라며 건넸다.

아까도 그랬다는 게 생각났다. 편할 때 연락해. 그 여자에게도 그렇게 말했다. 그게 부가 취하는 태도다. 선택권은 상대에게 떠넘긴다. 그리고 아마 자신에게 오는 유혹을 절대 거부하지 않겠지.

내 전화번호는 주지 않았다. 묻지 않았으니까.

그래서 나는 다이어리에 끼워둔 메모지의 존재를 잊고 있었다. 한참 뒤, 학교에 빅토리아 국립 미술관의 할인권이 배포되었을 때야 생각났다.

미술관 자체는 무료입장인데 특별전은 약간 요금이 있는 듯했다. 나는 미술을 잘 모르지만 마침 그때 앤티크 테이블웨어를 특별전시한다는 걸 알고 흥미가 생겼다.

표는 세 명까지 할인된다. 나는 다이어리에서 꺼낸 반 접힌 메모지를 펴고, 거기 적힌 전화번호를 보았다.

'이 사람, 솜씨가 좋으니까 조심하는 게 좋아요.'

말총머리 여자의 말이 새삼 머리를 스쳤다.

바비큐 파티에서 오도카니 혼자라 불안했는데, 부가 옆에 있어준 것만으로 안심이 되었다는 사실만은 부정할 수 없다. 그러나 분명 부는 이런 식으로 여러 여자에게 전화번호를 뿌렸겠지. 전화를 걸면 틀림없이 '얘가 내게 마음이 있군'이라 생각할 것이다.

미술관 같은 곳, 혼자 가도 돼.

나는 메모지를 접었다. 그리고 다시 다이어리에 끼워두려다가 멈췄다.

"용궁이야"라고 말한 그 목소리, 차가운 눈동자가 갑자기 떠오른다.

다시 메모지를 폈다. 매끄러운 글씨체를 물끄러미 보면서, 한참을 망설였다.

……친구.

그래, 친구를 만드는 거야.

멜버른에서 쾌활하고 영어를 잘하며 가볍게 차를 마시거나 잡담 또는 상담할 수 있는 친구. 내년까지, 그러면 그런 친구가 되어줄 것 같다.

바비큐 파티를 한 날로 2주일이 지났다.

그 주말, 빅토리아 국립 미술관 입구에서 부와 만나기로 했다. 15분이나 일찍 도착했는데 그는 벌써 와서 입구 옆에 있는 분수대 가장자리에 앉아 있었다. 내가 다가가는데도 일어나려는 기색도 없이 히죽 웃으며 "빨리 왔네!"라고 했다.

나는 또 그 빨간 블라우스를 입고 갔다. 부가 내 얼굴을 기억하지 못할까 봐.

"빨간색 좋아해?"

분수 가장자리에서 일어서며 부가 물었다. 나는 "응" 하고 거짓말한다. 빨간색 옷은 하나밖에 없으면서.

많은 사람이 미술관 안으로 들어간다. 키와 체격, 머리카락 색과 피부색도 다양하다. 돔 형태로 디자인된 반원 모양 입구는 사람들을 집어삼키는 거대한 입처럼 보인다.

미술관 안은 너무 넓어 하루에 다 볼 수 없을 정도였다. 두 시간 정도 돌아본 뒤 부는 "좀 쉴까?" 하고는 카페 공간으로 나를 데려갔다. 매점에서 각자 음식을 사서 트레이에 올리고 빈 테이블까지 들고 왔다.

"어, 잘못 받았다."

부가 트레이 한쪽에 있는 잔돈을 보고 말했다. 잔돈을 받을 때 손이 부족해서 트레이에 올려둔 것이다.

"잠깐 다시 갔다 올게."

매점으로 가려는 부에게 "적게 받았어?"라고 물으니 그는 돌아보며 웃었다.

"아니, 10센트 많이 받았어."

10센트. 10엔에도 미치지 않는 금액을 돌려주러 간 그는 자리로 돌아와서 큰 생선튀김을 순식간에 먹어치웠다. 엄청난 양의 감자튀김도 한 조각 남기지 않았다. 손을 댄 이상 절대로 남기지 않겠다는 신념이 있는 것 같다.

콜라도 다 마신 뒤 부는 자리에서 일어났다.

"음료수 하나 더 사 올게. 넌 뭐 마실래?"

"난 애플 사이다."

고개를 끄덕이고 걸어가는 부의 뒷모습이 시끌벅적한 인파 속으로 뒤섞여간다.

그런데 그 뒤로 부는 꽤 오랫동안 돌아오지 않았다. 15분쯤 지나도 오지 않는 것이 아무래도 걱정이 돼 테이블에 트레이를 둔 채 상황을 살피러 갔더니 아이스크림 가게 앞에서 일본인처럼 보이는 여자와 즐거운 듯 대화를 나누는 모습이 눈에 들어왔다.

허탈. 괜히 걱정했다. 나는 숨을 한 번 내쉬고 자리로 돌아왔다.

할 일이 없어서 가방 안을 뒤졌다. 손수건과 지갑, 립밤, 다이어리뿐이다. 책이라도 들고 왔으면 좋았을 텐데.

테이블에 놓여 있는 통 안을 꽉 채우고 있는 종이 냅킨. 나는 냅킨을 꺼내 삼각형으로 접은 후 남은 부분을 잘라 정사각형을 만들었다.

먼저 학을 접었다.

부는 돌아오지 않는다.

또 정사각형으로 만들어 이번에는 투구를 접었다.

부는 돌아오지 않는다.

무례한 자식. 이런 곳에서 이렇게 사람을 기다리게 하다니, 역시 껄렁한 자식이다.

돌아갈까도 생각했다. 그런데 손이 자꾸만 종이 냅킨으로 뻗어가서 정사각형을 만들며, 방법이 기억나는 대로 종이접기 작품을 만들어냈다.

나팔꽃. 개구리. 여우. 표창. 풍선.

"미안해!"

부가 뛰어온다.

두 손에 음료수를 든 채로 "우오! 굉장한데!"라고 외쳤다.

"종이접기 잘하네. 할머니 같아."

……할머니.

금붕어 다음은 할머니다.

내가 말이 없자 부는 내 옆에 앉더니 테이블 한쪽에 음료수를 두었다. 그러더니 개구리를 손에 쥐고 물끄러미 본다.

"이거 어떻게 접어?"

눈을 반짝인다. 어쩐지 얼버무리는 게 자연스럽다. 나는 퉁명스럽게 "간단해"라며 종이 냅킨을 또 한 장 꺼내 정사각형을 만드는 것부터 부에게 가르쳐주었다. 부는 흥미로운 듯이 나를 따라 했다.

"다섯 살 때 일본에서 딱 한 번, 할머니가 온 적이 있었거든. 기뻤어. 색종이랑 일본 그림책을 잔뜩 갖고 오셨고, 이렇게 다양한 걸 만들며 놀아주셨어. 나, 그때부터 일본어로 된 책을 읽기 시작했어. 그때가 8월이었는데, 일본은 한여름인데 여긴 한겨울이라서 우리 할머니는 신기하다며 굉장히 놀라셨어."

접고, 뒤집고, 또 접고.

테이블 위에서 한 장의 평면이 입체가 되어간다.

별안간 뭔가 떠올랐다는 듯 "앗!" 하고 소리치면서 부는 내 블라우스를 가리킨다.

"그때 금붕어 그림책을 봤어. 할머니가 갖고 오신 책."

내가 "그랬니" 하고 쌀쌀맞게 말하면서 손을 움직이자 부는 헤헤 웃으며 말했다.

"귀엽잖아, 빨간 금붕어."

다시 아주 순진한 얼굴로.

맺혀 있던 감정이 순식간에 사라졌다. 그 사실에 어쩐지 화가 났다. 나는 따라 웃지는 않았다.

접고. 뒤집어서, 다시 접고.

"완성했다~. 우와~!"

부는 소리를 지르면서 개구리를 들어 올렸다. 어떻게 접으면 저렇게 될까? 부가 만든 그것은 동그랗고 매우 작았다.

부는 내가 만든 개구리 옆에 그것을 나란히 두었다.

"아기 개구리야."

기쁜 듯이 그렇게 말했다.

"……어, 그건 이상한데? 개구리 새끼는 올챙이잖아."

"아, 그런가?"

부는 자지러지게 웃는다. 내가 차갑게 말한 것이 더욱 웃긴 듯 웃음을 멈추지 않는다. 나도 덩달아 웃음이 터졌고. 정말이지 너무 뻔뻔스럽다.

웃음이 잦아들자 그제야 부는 "기다리게 해서 미안해"라고 사과했다.

"지갑을 잃어버렸다는 일본인이 있어서 함께 찾느라."

나는 대답하지 않고 애플 사이다를 한 모금 마셨다. 아는 사람이 아니었구나.

"믿을 수가 없어. 관광객인 모양인데 자리를 잡으려고 테이블 위에 지갑을 올려두었대. 진짜 천하태평이지. 멜버른이 그렇게까지 치안이 좋다고 생각하는 건가?"

나는 고개를 끄덕인다.

"안 좋지. 기숙사 냉장고 치안은 최악이야."

"냉장고?"

"내 햄과 달걀은 늘 지들 맘대로 먹어. 이름도 확실히 써 붙여놨는데, 진짜 용서가 안 돼."

부는 또 웃기 시작했다. 웃을 만한 이야기는 전혀 하지 않았는데.

"못 하지, 못 해."

부는 만면에 웃음을 띠며 응응 고개를 크게 끄덕였다.

어쩐지 그와 있으면 재미있는 이야기를 잘하는 사람이 된 것 같다. 그게 그 '솜씨'인지는 모르겠지만.

나는 부끄러움도, 기쁨도 숨기고 싶어서 진지한 얼굴로 물었다.

"그런데 지갑은 찾았어?"

"응, 찾았지, 찾았어. 테이블을 잘못 알았다는 말씀."

"다행이네."

"다행이지."

부는 콜라를 쭉 빨아올리더니 작은 '아기' 개구리로 놀기 시작했다.

그날 헤어지면서 다음에 만나기로 약속했다. 다음에 만나서 헤어질 때는 또 그다음 약속.

멜버른에 온 이상 가봐야 할 곳이 많았다. 부는 가이드로서 아주 우수했고 내 영어의 사소한 실수도 그때그때 알기 쉽게 정정해줬다.

부와 함께 있는 일이, 다음에 만나자는 약속이, 뭔가 자연스러워졌다. 그리고 만나지 않을 때 부를 생각하는 일이 많아졌다.

여자를 대하는 태도가 세련되었기에 부가 에스코트해주면 기분이 좋은 걸 부정할 수는 없다. 하지만 나를 가장 사로잡은 것은 처음 만난 날 "용궁이야"라고 말하던 부의 차가운 눈동자와 목소리라고 생각한다. 행동이 가벼울수록 오히려 강하게 떠오르는 모습이다. 그리고 그것이 가슴 깊은 곳에 낚싯바늘처럼 복잡하게 박혀 빠지지 않은 채 사정없이 나를 할퀸다.

이건 아니라는 생각이 들었다.

부를, 이성으로 의식하기 시작했다.

준비된 덫에 스스로 뛰어든 꼴인데도 전혀 내 의지가 아니었다. 그가 내게 말을 건 것은 변덕에 지나지 않고 불특정 다수의 여자에게 똑같이 행동했을 것이다. 무엇보다도 나는 1년 뒤면 돌아가야만 한다.

"나, 레이 좋아해. 함께 있고 싶어."

세 번째 만남에서 기숙사까지 데려다준 부가 그렇게 말했을 때, 그래서 곧바로 아무 말도 하지 못했다. 어떻게 받아들여야 할지, 어떻게 대답해야 할지 몰랐으니까.

시작이 있으면 끝도 있다.

내가 늘 두려운 건 끝이 아니라 끝이 날까 봐 불안에 떠는 시간이다. 상대를 시기하고 의심하는 마음이 싹 트거나 모르는 일이 많아지거나 알았다고 생각했던 일이 전혀 맞지 않거나. 그때쯤이면 이제 한쪽은 열을 내며 필사적으로 굴고 다른 한쪽은 식어서 흥미가 없어진다.

어느 쪽 입장이 되든 나는 언제나 내가 먼저 손을 놓아버린다. 잡고 있을 수가 없다. 지나치게 뜨거운 것도 지나치게 차가운 것도.

대꾸할 말을 찾지 못해 침묵하는 동안 부는 묘한 표정을 짓고 있었다. 그리고 별안간 퀴즈의 답을 알아낸 것 같은 모습으로 검지를 세웠다.

"있지, 기한부는 어때?"

나는 멍하니 3초 정도 지나서야 겨우 "기한부?"라는 소리를 냈다.

"응. 레이가 일본에 돌아가는 날까지 기한을 정하는 거지. 귀국한 뒤에도 계속 사귀자는 얼뜨기 같은 말은 안 할게. 헤어질 때 질질 짜며 매달리는 촌스러운 짓도 안 할 거야."

부가 쾌활하게 말했다.

기한부?

놀랐지만 바로 수긍했다. 그래, 그런 일을 간단히 할 수 있는 사람이다. 장거리 연애가 그에게는 얼뜨기 같고, 헤어질 때 우는 것도 촌스러운 짓이다.

내가 용궁에서 놀다 집으로 돌아갈 것이니 자기도 일단은 즐겨보자는 것이겠지. 그런 거다. 그에게 나는 그 정도밖에 안 되는 사람이다. 나를 얕보고 있다. 좋아한다는 말에 잠깐이라도 기뻐서 어떻게 해야 할지 당황했던 내가 바보 같다. 그 분노의 감정이 고조되기에 앞서…… 어쩐지 안심했다.

지금 끝났다고 생각해서다. 시작도 하기 전에.

나는 담담하게 대답했다.

"좋아. 기한부라면."

이제 겁먹지 않아도 된다. 이 연애가 언제 끝이 날까 하고.

새해가 될 때까지. 그때까지 거기까지. 내가 교환 학생을 끝낼 때까지.

부는 약간 호흡을 멈추는 듯한 표정을 지은 뒤 곧바로 씩 웃었다.

"앗싸! 그럼 오늘부터 1일이야."

팔을 크게 펼치더니 부는 나를 와락 껴안았다.

나는 그대로 멍하니 부의 어깨 너머로 하늘을 본다.

마침표의 위치가 정해진 관계. 상영 종료 시각을 알 수 있는 영화와 같다.

그렇다면 아마 서로 너무 뜨겁지도, 너무 차갑지도 않게 지낼 수 있을 것이다.

그때의 나는 그게 딱 좋은 온도라고 생각했다.

✳

잭은 도화지와 나를 번갈아 보면서 이젤 앞에서 손가락으로 그리는 동작을 했다. 그리고 연필보다 훨씬 가는 흑색 스틱을 내 쪽을 향해 들고 가로세로로 잰다.

"그림을 그리기 전에 뭔가 많이 하네."

나는 비스듬히 앉은 채 눈만 잭을 보며 웃었다.

"구도를 생각하는 거야. 널 어떤 크기로, 어떤 식으로 종이에 그려 넣을까 하며. 실제로 그리기 전에 이미지를 그리면서 노는 걸 좋아해."

잭은 그렇게 말한 뒤 약간 쓴웃음을 지으며 이어 말했다.

"아마 이때 머릿속에서는 가장 완벽한 걸작이 완성될걸."

아직 그리지도 않은 이미지 속의 작품이 완벽한 걸작?

내 유학도 그랬을지도 모른다. 일본에서 출발하기 전, 두근거리면서 상상하던 몽상이야말로 완벽한 멜버른 생활이었다. 나도 쓴웃음을 지으려는데 잭이 다시 이어 말했다.

"근데 그리고 있는 동안에 예상치 못한 일이 일어나. 연필이 멋대로 움직이거나 우발적인 예술이 나오거나. 생각한 대로 술술 그려지면 그건 그것대로 기분 좋지만 뭐랄까, 예상치 못한 일이 일어나는 편이 재미있어서 그림 그리는 걸 그만둘 수가 없어. 비록 완벽하지 않아도."

나도 모르게 얼굴을 잭 쪽으로 돌렸다. 그 말은 고양이가 착지하는 것처럼 내 가슴 깊이 팍 꽂혔다. 그런데 고양이의 정체를 나는 제대로 알아낼 수 없었다. 잭은 한쪽 눈을 감고 수직으로 세운 스틱을 나에게 맞췄다.

"에스키스는 그 시작이야. 무엇을 어떤 식으로 표현하고 싶은지 내 안에 있는 막연한 것을 그려 넣어서 조금씩 구체화시키거든. 진짜 작품이 아니기 때문에 다른 사람에게 보여줄 일도 없고 몇 번씩 다시 그려도 돼. 자유로워서 참 좋아."

잭은 천천히 그렇게 말하고 커터 나이프를 꺼냈다. 스틱 끝에 살짝 날을 댄다.

"그건 뭐야?"

내가 묻자 잭은 날에서 눈을 떼지 않은 채 "목탄이야"라고 답했다.

"나뭇가지를 주워와서 내가 만든 거야."

"굉장하다. 직접 만들다니."

솔직한 놀람이었지만 잭은 웃으며 고개를 저었다.

"연필 한 자루도 귀중할 정도로 가난해서야. 그리고 싶은 만큼 맘껏 그림을 그리고 싶거든."

❋

4월, 5월과 함께 가을이 지나갔다. 부는 언제나 쾌활했고 약속도 그쪽에서 먼저 잡았다. 나는 거기에 응하기만 하면

됐다. 부와 함께 보낸 뒤로 주변 경치가 점차 변해가는 것을, 나는 신기해하며 바라보았다.

멜버른은 거리 전체가 예술적이다. 나란히 늘어선 영국풍 건물, 복고풍 트램(노면전차), 스트리트 아티스트가 그린 그라피티. 처음 왔을 때도 마찬가지였을 텐데 모노톤이었던 그 풍경이 차츰차츰 색채를 띤다. 그 전까지 나는 땅만 보고 있었는지도 모른다.

일본어로 불평할 수 있는 상대로도 부의 존재는 소중했다. 사귀기 시작한 뒤로도 나는 변함없이 학교나 아르바이트하는 곳에서 일어난 사소한 일 때문에 풀이 죽었다. 아니라고 생각해도 말할 수 없거나 주위 분위기에 순간 휩쓸려버리는 내 단점을 탄식하면 부는 농담으로만 받아치며 너털웃음을 웃는다. 그리고 말한다.

"당당하면 돼. 나는 레이의 고상한 생명력을 알아."

그런 말투로 긍정해주는 사람은 처음이었다.

처음에는 겸연쩍음을 감추려고 "무슨 말이야. 살아가는 힘에 고상한 게 있어?"라며 웃으며 넘기니 그는 진지한 표정으로 말했다.

"생명력이란 살아가는 힘이 아니라 살아가려고 하는 힘이야. 레이가 지닌 생명력은 아첨하거나 하지 않고 깨끗해. 나는 그걸 느껴."

솔직히 말하면 나는 이 말도 무슨 뜻인지 몰랐다. 그러나 어쩐지 매우 특별한 위로 같아서 마음속으로는 기뻤다.

나는 조금씩 위축되기 쉬운 자신으로부터 해방되어갔다. 나는 어쩌면 부가 말한 것처럼 '고상한 생명력'을 지녔을지도 모른다. 그러니 괜찮다.

학교에서 친하게 지내는 친구가 생기고 기숙사에서 말하고 싶은 것은 분명하게 말할 수 있게 된 것은 틀림없이 부 덕분이다. 예를 들어 주위와 다소 어긋남이 발생하더라도 나에게는 부가 있다고 생각하면 용기가 났다.

부의 어디가 좋냐고 묻는다면 나는 바로 '엄지손가락'이라고 대답할 것이다.

부는 나와 손을 잡을 때 깍지 낀 손가락에서 엄지손가락만 가만히 빼서 내 손을 문지르는 버릇이 있다. 나는 그 버릇이 참 좋다. 그냥 무조건 사랑받는 고양이 같은 기분이 든다.

부의 엄지손가락 끝은 네모나고 짧게 다듬은 손톱은 늘 건강한 색깔이다. 부가 뭔가를 집으려고 손을 뻗으면 그의 엄지손가락에는 울퉁불퉁한 관절부터 손목까지 힘줄이 생긴다. 팽팽하게 긴장돼 솟아오른 힘줄은 강해 보였고 부 옆에 있으면 어떤 무서운 일도 일어나지 않을 것 같다.

일본에 있었으면 절대 하지 않았을 일을 나는 많이 했다.

볼륨 있는 속눈썹을 붙인 일, 커다란 선글라스를 머리에 올린 일.

펍에서 춤추는 손님들에게 휩쓸려 함께 허리를 흔든 일.

횡단보도 앞에서 신호를 기다리다가 부와 가볍게 키스를 나눈 일.

8월, 추운 겨울에 유리 씨가 귀국한다는 말을 들었다.

워킹홀리데이 비자가 만료된 듯했다. 유리 씨는 이미 면세점을 그만두었기 때문에 그 뒤로 함께 일한 적이 없었는데도 "이제 곧 돌아가니까 안 가져갈 물건 너 줄까?"라며 연락해 왔다.

"네, 안 가져가시면 저 주세요."

나는 그렇게 대답했고, 그 덕에 오랜만에 유리 씨와 카페에서 만났다.

카페로 들어가니 유리 씨는 가장 안쪽 테이블에 앉아서 담배를 피우고 있었다. 나를 보고는 가볍게 손을 들었고 재떨이에 담배를 눌러 껐다.

"많이 기다렸어요?"

앞에 앉는 나를 보고 유리 씨는 웃었다.

"어째, 촌티를 벗었는데."

"그래요?"

나는 코트를 벗어 의자 등받이에 걸쳤다.

곧바로 유리 씨로부터 종이봉투를 받았다. 안에는 작은 라디오와 문고판 책 여러 권, 차조기 후리카케와 즉석 된장국 등이 담겨 있었다.

서로 가볍게 근황에 관한 이야기를 나눈 뒤 유리 씨가 '우와아' 하고 입을 크게 벌리며 말했다.

"아, 즐거웠어. 호주."

섭섭한 듯 어쩐지 시원한 표정이다. 유리 씨는 꿈같은 세상을 마음껏 즐기고 현실로 돌아가는 것이다. 아주 조금 부의 마음을 알 것 같은 느낌이다. 나는 불쑥 물었다.

"……용궁처럼요?"

유리 씨는 "뭐?"라며 고개를 갸웃거렸다.

"글쎄. 애초에 거북이 따위 도와주지 않았는데."*

"저기, 유리 씨는 남자 친구하고는……."

주저하며 물으니 유리 씨는 깔깔깔 웃는다.

"정해진 건 없어. 되는대로 하는 수밖에 없잖아."

커피잔을 들어 입에 댄 채 유리 씨는 내 얼굴을 빤히 쳐다본다.

"연애 상담이라면 해줄게."

---

* 우라시마 타로라는 어부가 거북을 살려준 덕으로 용궁에 가서 3년간 호화롭게 지냈다. 부모님이 보고 싶어서 집에 돌아가고자 하니, 선녀가 보물 상자를 주면서 절대로 열어 보지 말라고 했다. 돌아간 고향은 300년이 지나 있었다. 어부가 이상하게 여겨 보물 상자를 열자 순식간에 노인이 되었다는 일본의 유명한 민담.

움찔 놀랐지만 나는 아무렇지도 않은 척 머리카락 끝을 만지작거린다.

"제가 아니라 친구 얘기에요. 일본에 갈 때까지만 사귀는 기간 한정 연애 같은 건 어떻게 생각해요?"

유리 씨는 이 말을 듣고 박장대소하면서 커피잔을 요란하게 잔 받침 위에 놓았고 그 충격으로 쏟아진 커피를 보고는 "웁스!"라고 외쳤다. 오랜만에 들었다. 혐오감보다 웃음이 나서 나도 모르게 웃고 말았다.

"기간 한정 연애라 무슨 계절 메뉴 같네. 복숭아, 멜론, 밤 디저트. 상관없잖아? 한정품이라고 생각하면 감사함이 배가 되어 훨씬 더 달콤하게 느껴지니 말이야."

그렇게 말한 유리 씨는 다시 큰 소리를 내며 웃는다. 나는 그 소리에 묻혀버릴 만큼 작은 소리로 혼잣말처럼 물었다.

"계절이 지나가면 가질 수 없으니 그때만이라도 잘 즐길 수 있는 것도 감사한 일이겠죠?"

"감사하지"라며 유리 씨는 턱을 괴었다.

"하지만 그건 사랑 같은 거야."

같은 것?

고개를 갸웃하는 나에게 유리 씨가 이어 말한다.

"흔히 사랑에 빠진다는 말들을 하지만 나는 사랑이 온다고 생각해."

"온다…… 고요?"

"응. 맘대로 오지. '우와아 왔다!' 하는 사랑도 있고 어느새 정신을 차리고 보면 와 있는 사랑도 있어. 오는 건 그 사람이 아니라 사랑이야. 불가항력이라서 그 사람이 아닌 사랑에 휘둘리는 거지."

유리 씨는 테이블 위에 올려놓은 담뱃갑에서 새 담배 한 개비를 꺼내 불을 붙였다.

"그러니까 옆에 그이가 있어도 사랑이 가면 끝. 거꾸로 그이가 없어도 사랑이 여기에 있는 한은 끝나지 않아."

그렇다면…….

그렇다면 두 사람 사이에 기한 같은 걸 정해도 어쩔 수 없다는 뜻인가?

"뭐, 그래도 누구나 보물 상자 하나씩은 가지고 있잖아? 다만 보물 상자를 열면 순식간에 노인이 된다는 이야기는 틀렸다고 생각해. 상자를 열고 과거를 절절히 그리워하다가 자신이 나이를 먹었다고 알게 되는 걸 거야, 분명."

담배 끝에서 연기가 피어오른다.

"그때 나이가 든 자신을 불쌍하게 여기지 않고 긍지를 갖도록 살고 싶어. 그때가 좋았다고 탄식만 하지 않고 상자 속에 있는 젊은 나를 당당히 마주할 수 있도록."

나는 놀라 유리 씨를 본다. 모든 일에 적극적인 유리 씨.

순간순간을 과장되게 즐기고 음미하는 유리 씨. 그 자세를 비로소 이해할 수 있었다. 유리 씨는 맛있게 담배를 빨아들인 후 나를 보고 웃었다.

"친구에게 전해줘. 어디에 있든 무엇을 하든 어떤 세상이든 사람이 하는 일은 다 똑같아. 먹고 자고 일어나고 좋아하기도 싫어하기도 하는 거야."

✳

잭은 목탄 끝을 커트 나이프로 비스듬하게 갈아 평평하고 뾰족한 '그림 도구'를 완성했다. 신문지 위로 수북이 떨어진 목탄 가루는 사철(砂鐵)처럼 시커먼 가루가 되었다. 잭은 바로 옆에 있는 서랍장 위에 조심스럽게 그 신문지를 둔다.

"이제 그릴 거야."

잭이 말하자 부가 얼굴을 휙 들었다. 펼쳤던 화집을 덮고 잭 옆으로 걸어온다.

선 채 이젤 쪽으로 몸을 굽히더니 잭의 손목을 응시했다. 그림을 그리는 화가의 모습이 흥미진진한 듯하다.

내게는 도화지가 보이지 않는다. 잭의 팔 움직임으로 목탄 끝으로 선을 긋거나 눕혀서 칠할 거라고 상상은 할 수 있다. 하기야 내 시선은 잭을 조금 비껴나 있어서 그냥 눈에 들어오는 움직임으로 느낀 것이다.

잭은 때때로 도화지를 손가락으로 두드리기도 하고 좀 전에 갈아둔 목탄 가루를 조금 떠서 문지르기도 했다. 부가 그때마다 "우와"라거나 "오오"라며 감탄했기 때문에 도화지에서 어떤 일이 펼쳐지고 있는지 매우 궁금해졌다. 어쨌거나 내가 그려지고 있다.

"저기, 나도 보고 싶은데."

내가 말을 걸자 잭이 아닌 부가 단호하게 거절했다.

"안 돼. 아직 레이가 보면 안 돼."

"너는 보면서 왜 나는 안 돼?"

"제삼자는 괜찮아. 그렇지만 잭에게 레이가 어떤 식으로 비치는지를 본인에게 보여줄 수 없어. 지금 생각을 계속 키우고 있는데 상대에게 보여주면 불필요한 감정이 나오니까 생각한 것과는 다른 작품이 되거든."

"뭐야, 아는 척 좀 그만해."

나는 보는 것을 포기하고 가만히 있었다.

한동안 다들 말이 없었다. 조용한 방에서 사각사각 목탄이 종이를 문지르는 소리만 기분 좋게 울린다.

✳

부와 싸운 것은 딱 한 번이다. 다시 생각해도 말이 안 될 정도로 하찮은 일이었다.

10월, 바람이 잔잔한 봄 무렵이었다.

샌드위치를 들고 식물원으로 소풍을 갔다. 넓은 부지에 많은 식물이 있었고 탁 트인 잔디밭이 상쾌했다. 우리는 산책을 한 뒤 점심 먹기 좋을 만한 나무 그늘을 찾아서 앉았다.

포근하고 화창한 날씨였는데 내 기분은 맑지 못했다. 여러 가지 일이 겹쳤다. 대학 교수님이 나와 다른 학생을 착각해서 지각하지 말라고 주의를 준 일, 기숙사에 새로 들어온 독일인이 문을 여닫을 때마다 쾅쾅거려 너무 괴로운 일, 과제 리포트가 너무 어려운 일, 이런 일들 때문에 잠을 제대로 못 잤다.

부도 좀 짜증 나게 했다. 그는 때때로 갑자기 웃음물총새 (Kookaburra) 흉내를 내는데 나는 그게 싫었다. 웃음물총새는 호주에 서식하는 새인데 예쁜 파란색 물총새와 달리 땅딸막하고 갈색이다. 애교스럽게 몸을 떨면서 깔깔깔 호쾌하게 운다. 그게 사람의 웃음소리와 닮았는데, 왠지 그 소리가 마음을 어수선하게 했다. 몇 번이나 "그 소리 듣기 거북해"라고 완곡하게 말했는데 그날도 잔디밭에 눕자마자 부가 흉내 내기 시작해서 기분이 확 가라앉았다.

부는 기분 좋은 듯 눈을 감았고 나는 옆에 앉아 문고판 책을 읽기 시작했다. 유리 씨가 준 책 가운데 한 권인데 몇 년 전에 출판된 일본 작가의 미스터리물이다.

잠시 뒤 부가 일어나더니 콜라를 마셨다. 나도 책을 덮어 옆에 두고 "샌드위치 먹을래?"라고 물었다.

부는 그 말에 대답하기 전에 책을 들고 생뚱맞은 소리를 했다.

"이거 사실 두 사람이 동일 인물이어서 깜짝 놀랐어."

아니, 이게 있을 수 있는 행동인가? 그건 내가 아직 읽지 않은 부분이다. 부는 이 책을 이미 다 읽은 것 같다. 나는 숨이 쉬어지지 않을 만큼 격하게 소리 질렀다.

"그거 왜 말하는 거야! 재미있게 읽고 있는데!"

부는 "앗!" 하고 몹시 놀라더니 곧바로 두 손을 모으며 사과했다.

"미안, 미안해, 방금 다 읽고 책 덮은 줄 알았어."

"네가 자니까 할 수 없이 책 읽은 거잖아? 일어났으니 책 읽는 거 멈추고 말을 건 거야."

"그야 식물원에는 느긋하게 있으려고 왔으니까. 근데 이 소설 그거 말고도 결말에 놀랄 만한 내용이 있어."

헤헤거리며 웃고 있는 부를 보자 더욱 화가 났다.

"됐어, 안 읽을 거야. 내용을 알면 하나도 재미없어."

나는 책을 가방에 넣어버렸다. 부는 난처한 듯 웃으며 콜라를 마셨다. 나는 치미는 짜증을 부에게 쏟아냈다.

"늘 자기중심적이잖아. 다른 사람 생각은 전혀 하지 않고 자기 멋대로야."

부의 목소리가 확 가라앉았다.

"……그랬나."

말이 지나치다고 언뜻 생각했다. 그러나 이제 멈출 수 없었다.

"웃음물총새 흉내도 그래, 내가 그거 싫다고 했잖아."

"어, 그렇게 싫었던 거야? 왜?"

역시 제대로 소통되지 않았다. 나는 내뱉듯이 말했다.

"사람을 무시하는 웃음소리니까! 자기만 좋지 너무 무신경하잖아."

부의 눈동자가 흔들렸다.

"무시한 적 없어."

험악한 분위기에 나는 살짝 주춤했고 부의 눈을 피했다.

"네가 그랬다는 게 아니야. 웃음물총새 이야기잖아."

부는 무릎을 세우고 앉아 그 무릎 사이로 머리를 밀어 넣었다. 말없이 무엇인가를 생각한다.

나는 그곳에 있는 것이 괴로워 견딜 수가 없어서 가방을 들고 일어났다.

그리고 도망쳤다. 부에게서.

식물원 안 여기저기를 돌아다녔다. 많은 감정이 뒤엉켜서 마음 곳곳을 옥죄어온다. 부가 나쁘다. 항상 실실거리기나 하고.

하지만 어떤 말을 해도 웃으며 들어주던 부에게 내가 의존했다는 걸 깨달았다. 내가 그렇게까지 감정을 드러낼 수 있는 상대는 달리 없다.

어떻게 될지 두근대며 읽고 있던 미스터리 소설. 뒷이야기를 몰라서 재미있는 건 남의 일이기 때문이다. 나는 그렇게 강하지 않다. 내 일은 불안해서 견딜 수 없다. 아아, 역시 이런 성가신 일은 없으면 좋겠다. 나는 공부를 하러 멜버른에 왔는데.

기한을 정해도 당연히 그 전에 끝날 수 있다. 여기까지 이어온 것이 오히려 꽤 잘해온 것인지도 모른다.

어차피 끝날 관계였다. 3개월 후면.

이제 됐다고 생각한 순간 발이 멈췄다.

그 나머지 3개월을 나는 부 없이 보낼 수 있을까? 그렇게 생각하니 알 수 없는 공포가 물밀듯이 엄습해왔다. 뭐지, 이 감정은?

나는 그가 없으면 '불편'하다고 생각하고 있다. '좋지 않다'고.

두 손으로 얼굴을 감쌌다. 뻔뻔하다. 부를 늘 뻔뻔하다고 생각했는데 나야말로 정말 뻔뻔스럽다. 이제 나는 이 생활 속에 부가 없다는 걸 견딜 수 없을 것 같다.

역시 나에게도 이곳은 용궁일까?

어차피 끝난다면.

어차피 끝난다면 기한까지는…….

추악한 나약함을 껴안은 내 몸이 멋대로 움직이더니 달리고 있었다. 이미 가버렸을지도 모를 부가 있는 곳으로.

부는 나무 밑동에 앉아 있었다. 내 모습을 보자 확연하게 안심한 표정을 지었는데 그 모습에 나는 안도했다.

"미안해."

"나도 미안해."

나는 거칠게 숨을 쉬면서 부 옆에 앉았다.

그의 손에는 메모지로 만든 작은 개구리가 있었다. 올지 말지 모르는 나를 기다리며 종이접기를 하고 있었다니.

나도 모르게 웃음이 터졌고 부도 언제나처럼 실없이 웃으며 말했다.

"개구리는 대단해. 물속이든 육지든 다 다닐 수 있으니."

그 온화한 말투와 그 말에 담긴 의미에 가슴이 꽉 조였다.

"팔짝"이라고 말하며 부가 개구리를 공중으로 튀겼다. 개구리는 그다지 멀리 가지 못하고 잔디밭 위에 나동그라졌다.

✱

목탄을 서랍장 위에 두고 잭은 새까매진 손가락을 천으로 문지르면서 말했다.

"물감 준비하는 동안 잠시 쉬고 있어."

데생은 끝났나 보다. 나는 후 숨을 쉬며 몸에서 힘을 뺐다.

"뭐 마실래?"

잭이 냉장고 앞에서 나와 부에게 눈짓한다.

"내가 꺼낼게."

부가 냉장고 안을 들여다보더니 펩시콜라 페트병을 꺼낸다. 좁은 주방으로 가서 컵 세 개에 콜라를 부어 나누어주었다. 그는 의외로 이런 일을 좋아한다.

잭은 빈 잼병에 물을 담아와서 서랍장 위에 조심조심 올렸다. 그 옆에 화구를 늘어놓기 시작한다. 수채화 물감 튜브, 붓, 물감으로 지저분해진 수건.

수건은 얼마나 사용한 것인지 다양한 색들이 다양한 형태로 물들어 있었다.

전혀 의도된 바 없이 다채로운 모양을 만들고 있는 수건은 그 자체가 하나의 예술 작품 같았다. 잭이 말하는 '우발적인'.

✱

새해를 맞이할 때 부가 좀 비싼 호텔을 잡았다.

그때까지 몇 번이나 갔던 짧은 여행처럼 배낭여행이나 B&B(조식과 침대가 딸린 숙박 시설)가 아닌 격조 있고 사랑스러워 보이는 7층짜리 호텔이었다.

로비에서 체크인을 마치고 최상층 방으로 안내받았다. 707호.

방문을 열자마자 부는 침대에 풀썩 드러누웠다.

"우와! 이게 바로 세븐스 헤븐!"

기쁜 듯이 그렇게 외치며 그는 얼굴만 빙글 나를 향한다.

"……이 말, 뭔지 알아?"

세븐스 헤븐? 뭐였지? 잠시 생각하고 있으니 부는 똑바로 누웠다.

"'굉장히 행복해!'라는 뜻이야. 속어라고나 할까, 관용구?"

나는 "아하!"라고 답하고는 창밖을 보았다. 부는 노래라도 부르는 것처럼 신나서 말했다.

"천국에는 일곱 개의 층이 있는데 그 최상층을 말하는 거야. 그곳에 신이 살고 있대."

한낮의 더위가 물러간 해 질 녘, 지상에서는 작은 인간들이 꼬물꼬물 움직인다. 차도 자전거도 개도 마치 장난감처럼 보인다.

부가 천장을 보면서 불쑥 말했다.

"어떤 걸까, 천국의 최상층은."

나는 침대 가장자리에 앉았다. 그리고 '음' 하고 깊이 생각하면서 대답했다.

"1층이나 2층이 사실은 최상층보다 행복할지 몰라. 엄청난 행복보다 약간의 행복 정도가 더 좋을 것 같은데."

그러자 부는 눈을 깜박이면서 나를 본 뒤 감탄한 듯이 미소 짓는다.

"레이는 욕심이 없네."

아니다. 나는 어쩌면 부보다 훨씬 욕심이 많다. 상처받지 않고 나도 나쁜 사람이 되지 않고 그저 평온하고 무사히 있고 싶을 뿐이다.

많지 않아도 된다.

조금이라도 좋다. 행복이라고 생각하는 것을 소중하게 즐기려면.

"신이 있을 법한 대단한 곳에서는 마음이 편치 않을 것 같아."

나는 그렇게 답하고 부 옆에 누웠다. 부가 팔베개를 해주었다.

"레이는 앞으로 어떻게 할 거야?"

깜짝 놀라 순간 잘못 들은 줄 알았다. 그가 나와 미래를 이야기한 적은 거의 없었기 때문이다. 나는 생각하고 있던 대로 말했다.

"……아직 정해진 건 없어. 그저 영어를 사용하는 일을 하면 좋겠다 정도지. 돌아가서 마저 학교를 마치고, 졸업하지 않으면 아무 소용없으니. 지금부터 여러 가지 생각해야지."

후. 부는 숨을 내쉰다. 나도 물어봐도 될 것 같아서 "너는?" 하고 되물었다.

"나도 잘 모르겠어. 나중에 멜버른에서 부모님 일을 돕는다는 전제로 지금은 원하는 대로 디자인 학교에 다니고 있는데 그것도 1년 뒤면 졸업이니."

내 머리카락을 손가락으로 빗으면서 부는 더듬더듬 이어 말했다.

"나도 그림이 좋고 미술상 일에도 관심은 있어. 그런데 아버지와 어머니를 보면 때때로 두려워져. 머리가 좋은 사람들이라 사업은 잘해나가고 있지만, 진심으로 그림에 대한 애정이 있나 싶거든."

어떻게 답을 해야 좋을지 몰라 나는 무난하게 말했다.

"그래도…… 그림을 좋아하니까 미술상이 되신 게 아닐까?"

"그런가? 어쨌든 내가 어릴 때부터, 아무튼 멜버른에서 성공해서 쭉 있었으니 대단하긴 하지. 자세한 건 모르겠지만 아버지와 어머니는 허락받지 못한 관계였던 것 같아. 두 분다 일본에는 돌아갈 수 없다는 말을 입버릇처럼 하셨거든."

거기까지 말하고 부는 팔은 그대로인 채 먼 곳이라도 응시하듯이 천장을 본다.

"딱 한 번 멜버른에 할머니가 온 적이 있다고 말한 적 있지. 내가 아직 어릴 때라서 잘은 몰랐는데 지금 생각해보니 놀러 오신 게 아니라 데려가려고 한 게 아닌가 싶어. 아버지와 어머니는 어쩐지 불안해하는 느낌이었거든."

부는 크게 숨을 쉬었다.

"난, 누구일까?"

바로 가까이에 있는 부의 이 표정은 본 기억이 있다. 처음 만난 날에 보았던, 심해 바닥에 사는 외로운 물고기의 눈이다.

계속 의아하게 여겼다. 일본을 강력하게 동경하면서도 왜 부는 한 번도 일본에 가려고 하지 않았을까?

일본에는 돌아갈 수 없다는 부모의 말이 부에게 저주를 걸었는지도 모른다. 일본인인데 일본을 모른 채 자란 그는 용궁에서 나올 수 없게 되었겠지. 일본에는 '돌아갈 장소'가 없으니까.

부의 미래에 나는 없다. 나의 미래에도 부는 없다. 그렇게 생각하니 공허한 기분에 휩싸였지만 나는 그것을 굳이 무시하며 말했다.

"부만 할 수 있는 일이 반드시 있을 거야."

후후 부가 웃는다. 가슴이 살며시 진동했다.

"나만 할 수 있는 일이 뭘까?"

나를 보는 눈은 이제 더 이상 그 물고기의 눈이 아니었다. 평소의 부였다.

"구체적으로는 모르겠지만 다른 사람들을 아주 즐겁게 하는 일. 그래서 부도 아주 즐거워지는 일."

"좋은데. 양쪽 다 즐거워지는 일이라니. 하고 싶은 일은 아주 많아. 이것도 저것도, 이렇게도 하고 저렇게도 하고. 그런데 지금은 그냥 자유롭게 상상만 할 뿐이야."

그리고 부는 자조적으로 웃었다.

"하지만 무슨 일을 하든 무책임하게 하는 건 안 돼. 아무도 신뢰하지 않아."

나는 진지하게 대답했다. 진심이니까.

"당당하면 되는 거야. 부의 배려심 깊은 성실함을 나는 알고 있어."

부의 어깨가 움찔 떨린다. 그리고 잠깐 말이 없었다. 그래서 나도 침묵했다.

한참 후, 부는 나를 끌어당기더니 눈썹에 입술을 댄 뒤 입을 열었다.

"레이에게 주고 싶은 것이 있어."

그렇게 말하고 부는 몸을 일으키더니 다리를 뻗은 쪽으로 침대에서 내려갔다.

✽

부는 잭에게 어느 회사 물감인지, 그 수건은 몇 년 동안 써서 더러워졌는지 등 여러 주제로 말을 걸었다. 잭은 쓴웃음을 지으면서 간단히 대답했고 부는 시시해졌는지 "화장실 갔다 올게"라며 그 자리에서 멀어졌다.

잭은 팔레트 위에 물감을 녹여 다시 내 쪽으로 돌아선다. 그리고 붓에 물감을 묻혀 도화지 위에 칠하더니 갑자기 동작을 멈췄다.

뭔가를 발견한 듯 눈이 커지더니 서랍장의 서랍을 황급히 열어젖혔다. 그리고 안쪽에서 주걱 같은 도구를 꺼낸다.

이젤과 마주하고 다시 붓을 칠한 뒤 바로 그 도구로 힘차게 도화지를 긁는다. 쓱쓱 경쾌한 소리가 울리고 잭은 감탄사를 내뱉는다.

그게 어떤 작업인지 나에게는 보이지 않지만, 잭의 표정이 황홀함으로 빛나는 것을 알 수 있다.

그때 부가 돌아왔다.

무심코 잭의 손을 보더니 의아하다는 듯이 "페인팅 나이프?"라고 물었다. 잭은 그림에서 눈을 떼지 않고 그저 고개만 끄덕였다.

부는 잭 옆에 있는 의자에 앉아 다리를 꼬았다. 잭이 상대해주지 않아서인지 이번에는 나에게 말을 건다. 전혀 재미없는 개그를 하며 웃기려고 해서 나는 "좀 조용히 해줄래"라고 나무랐다.

아하하 소리를 내어 웃은 뒤 부는 뜻밖에도 순순히 입을 닫았다.

그 이후 부는 나를 보고 나도 부를 보고, 서로 바라보는 듯한 상황이 되었다.

✳

내게 주고 싶은 것? 부의 말을 듣고 난처해하면서 나도 침대에서 일어나 그 옆으로 간다.

부는 배낭에서 손바닥에 올릴 정도의 작은 상자를 꺼내서 나에게 내밀었다.

"열어 봐."

뚜껑을 열어 보니 빛을 받은 내용물이 반짝인다.

파란색 새 브로치.

날듯이 펼친 날개의 테두리는 금색이다.

"물총새야."

부가 상냥하게 말했다.

"웃음물총새가 아니고 물총새. 그래서 이렇게 아름다운 파란색이고 껄껄껄 웃지도 않아. 예쁜 소리로 치치치 속삭이지."

"그건……."

그때의 다툼을 아직도 마음에 두고 있나 싶어 나는 살짝 혼란스러웠다. 그러자 부는 황급히 내 말을 가로막았다.

"아니야, 꽁하니 맘에 품고 있는 거 아니야. ……실은 너한테만큼은 웃음물총새가 아니라 물총새로 있고 싶어. 실실거리며 장난치고 웃고만 있는 게 아니라 훨씬 더 스마트하게 레이 옆에 있고 싶었어. 그러지 못했지만. 그러니까 그 마음만은 받아줘."

역시 부는 뻔뻔하다. 마지막까지 가볍게 굴어주지 않는다.

그리고 이런 식으로 마음을 털어놓는 동시에 전한 것은 기한 종료에 대한 분명한 의사 표명이다.

지금까지 나는 부에게 뭔가 물건으로 남는 건 받지 않기로 했다. 부는 사진도 많이 찍고 싶어 했지만 나는 한 장도 갖고 싶지 않았다. 나중에 추억하면서 마음이 절절해지는 건 딱 질색이다.

그래도 이건 받자. 그렇게 생각했다.

내가 가지고 가는 단 하나의 보물 상자. 나중에 뚜껑을 열었을 때 당당히 마주할 수 있도록 제대로 살아야겠지.

"부, 널 만나서 좋았어."

나는 말했다. 부도 "나도"라며 미소 짓는다.

이걸로 됐다. 나도, 부도.

부가 나를 푹 감싸 안았다. 나도 부의 가슴에 머리를 기대고 눈을 감았다.

이 체온을 이제 느낄 수 없다고 생각하니 문득 힘껏 부를 붙잡고 싶어졌다. 그러나 이 마음은 틀림없이 착각이다. 헤어질 때라 감성적이 되었을 뿐이다. 단순한 감상이다. 절대, 반드시 그렇다.

만약 여기서 내가 조금이라도 힘들어하는 모습을 보이면 모든 것이 엉망이 된다. 부가 깔끔하게 그어준 선을 넘어가는 건 그야말로 촌스러운 짓이다. 그런 무책임한 짓은 할 수 없을 것 같았다.

나는 부의 손에 내 손을 겹쳐서 그의 엄지손가락을 가만히 만졌다. 지금만큼은 내가 먼저.

그리고 우리는 둘이서 새해를 맞았다.

호주 멜버른에 있는 격조 있고 사랑스러운 호텔의, 세븐스 헤븐에서.

✳

잭의 손에 있는 팔레트에는 두 가지 색 물감만이 짜인다.

빨강.

파랑.

빨간 블라우스에 앉은 파란 새를 가만히 만지고 나도 다시 자세를 잡았다.

부는 나를 보고 있다. 나도 마찬가지로 부를 본다.

눈과 눈을 맞추고 있는 동안 부의 얼굴에서 장난기 어린 웃음이 싹 사라졌다.

사랑스럽고도 애처롭다는 듯한 눈길로 나를 본다.

그 순간 내 몸 안의 뭔가가 확 뜯겨나가는 듯했다.

눈을 피할 수가 없었다.

왜 그러는 거야, 부…….

그런 표정 짓지 말고 허튼 농담이라도 해봐.

평소처럼 히죽거려.

왜 그렇게 다정한 눈으로 보는 거야.

따지고 싶다. 나는 정말로 제멋대로다.

얼마나 그렇게 서로 보고 있었을까.

도화지 위를 내달리는, 조용한 곡을 연주하는 듯한 붓끝의 울림.

페인팅 나이프가 긁는 딱딱하고 예리한 쇠된 울림.

물이 튀는 찰랑거리는 소리.

그려지고 있는 에스키스.

말도 없이 그저 시간이 흘러간다.

둘이서 그렇게 많은 이야기를 했는데도, 그저 눈을 맞추고 있을 뿐인 이 순간 지금까지 중 가장 많은 대화가 오갔다.

안다. 부가 사실은 웃음물총새가 아니라는 것 정도는.

섬세한 파란 물총새라는 것쯤은.

나와 자신을 지키기 위해

기한을 제안해온 부의 자상함과 소심함.

이제 며칠만 지나면 나는 일본으로 돌아간다.

기간이 정해진 관계. 우리는 끝을 향해 사랑해온 것이다.

정해진 것은 지켜야만 한다는 이상한 의무감에 사로잡혀 있었다.

얼어붙은 듯한 날카로운 감정이 몸의 중심을 뚫고 나온다. 너무 아프다.

부와 이제 곧 만날 수 없다니.

나는 진실을 말하지 않았다. 단 한 번도.

아아, 부.

나는 부를 사랑한다. 정말, 정말 사랑한다. 헤어지고 싶지
않다.

생각이 북받쳐온다.

부. 부.

외치며 뛰쳐나가 부를 끌어안을 뻔했다.

눈물을 참고, 참고, 참고, 또 참으며 나는 어금니를 꽉 깨
물었다.

부의 뺨에서 눈물이 주르르 흘러내린다.

……너무해.

나는 이렇게 참고 있는데.

시작이 있으면 끝도 있다.

알고 있는데 사랑하게 된 사람. 정말 사랑한 사람. 진짜 사
랑을 가르쳐준 사람.

겁쟁이인 우리가 서로에게 했던 거짓말과 자신에게 했던
거짓말은 똑같다.

앉아 있던 의자가 넘어져 바닥에서 엄청난 소리를 낸다.
내가 갑자기 일어난 탓이다.

있잖아, 부.
끝나면 다시 시작될까?
촌스러워도 세련되지 못해도, 힘들어도 쓸쓸해도 이게 우리의 사랑이라면.

2장　　　　　　도쿄 타워와 아트센터

한눈에 반해 사랑에 빠지는 대상이 꼭 인간만은 아니라는 것을, 인생 항로가 휙 방향을 튼 뒤에 깨달은 적이 있다.

예를 들자면, 넋을 잃을 정도로 이끌린 한 장의 그림.

그 아름다운 파랑과 우연히 만난 순간은 내가 아직 미대생이었던 때의 오래된 기억 속에 있다. 멜버른 한 귀퉁이에 있던 작은 화방에서의 일이다.

잭 잭슨.

그 인상적인 화가의 이름을 나는 단 한 순간도 잊을 수 없었다.

전날까지 계속 내리던 비가 거짓말처럼 화창하게 개었다. 이제 관동 지방도 슬슬 장마가 물러날 시기다.

발주서와 상품을 비교하며 틀린 곳이 있는지 확인하는데 공방 문이 열렸다.

점심 전에 불쑥 나갔던 무라사키 씨가 아무 말 없이 느릿느릿 안으로 들어온다.

햇볕에 그은 얼굴에는 땀방울이 맺혀 있다. 무라사키 씨는 도쿄 근교에 있는 작은 액자 공방의 사장인데 직원은 나 하나뿐이다.

창립한 지 13년이 된 이 '아르브르 공방'은 주로 미술상과 화가용 액자를 만들거나 판매한다.

스물아홉 살에 독립해서 이 공방을 만들었다는 무라사키 씨는 정확히 나보다 열두 살이 많다. 아무튼 말수가 적어서 필요한 말 외에는 하지 않고 얼굴 근육을 거의 움직이지 않는 무표정이라 무슨 생각을 하는지 전혀 알 수가 없다.

미대 4학년생이 되어 취업할 곳을 알아보던 내가 지역 신문에 실린 작은 구인 광고를 발견하고 전화하기 전까지 이 공방은 무라사키 씨 혼자 운영했던 것 같다. 곧 졸업할 학생이 지원할 거라고 생각지 않았는지 면접을 볼 때 신기하다는 듯 고개를 갸웃거렸다. 대단한 질문도 받지 않고 채용돼 김이 새기는 했지만 생각해보면 달리 지원자가 없었던 게 아닌가 싶다.

그때부터 8년이다. 나는 이제 서른 살이 되었다. 무라사키 씨가 독립한 스물아홉을 넘겼다.

"다녀오셨어요."

나는 발주서를 테이블에 놓고 에어컨 온도를 조금 낮췄다. 무라사키 씨가 더위를 많이 타기도 하고 이 작은 공방에 성인 남자 둘이 있으면 갑자기 온도가 확 올라간다.

무라사키 씨는 테이블 위에 갈색의 울퉁불퉁한 무언가를 툭 놓았다. 불규칙한 모양의 축축한 나무. 아무리 봐도 유목(流木)인 듯하다.

"또 강가에 다녀오셨어요?"

그렇게 묻는 나에게 무라사키 씨가 고개를 끄덕인다.

어제는 비가 많이 내렸기 때문에 뭐라도 떠다닐 거라 짐작했을 것이다. 무라사키 씨는 테이블에 유목을 놓고는 웅크리고 앉아 눈을 맞추기라도 하듯이 지긋이 본다.

공방에서 10분 정도 걸어가면 하천 부지가 있다. 산책이나 휴식하기에 안성맞춤인 장소인데 무라사키 씨는 자주 거기에 가서 스케치도 하고 책도 읽고 이렇게 뭔가를 주워 오기도 한다. 그리고 그것을 사용해 액자를 만든다.

누가 주문하지도 않았는데 말이다.

나는 다시 발주서로 눈을 돌렸다. 골판지 상자 안에는 제조업체에서 보내온 기성품 액자 틀이 여러 개 들어 있다. 상품 확인의 연장이다. 나는 볼펜으로 발주서에 표시했다.

공방에서 일을 시작한 뒤 몇 년 동안은 즐거웠다. 모르는 것투성이고 새로운 것투성이었다.

액자의 구성, 나무 선택, 도료와 금박 관련 지식, 조각 기술……. 습득해야 할 일들이 산더미였고 무라사키 씨는 상세하게 가르쳐줬다. 잡담은 거의 하지 않았지만 물으면 반드시 대답해주는 사람이었다.

르누아르, 피카소, 모딜리아니……. 거장들의 어떤 작품은 그려진 시기부터 지금까지 같은 액자가 계속 사용된다고 한다.

그 사실을 알았을 때 마음이 떨렸다. 백 년 가까운 시간을 초월해 많은 나라를 돌아다니고, 어쩌면 앞으로도 쭉 멀고도 긴 여행을 함께하는 그림과 액자. 이건 엄청난 낭만이라고 생각했다.

액자 장인은 그런 식으로 그 그림에 딱 맞는 최고의 액자를 자기 손으로 만들 수 있다. 만들고 끝나는 게 아니라 그림이 놓일 공간도 생각한다.

"꿈을 꾸지 않으면 안 돼."

무라사키 씨는 가끔 그렇게 중얼거린다.

무라사키 씨에게서 그런 말이 나오다니, 몇 번이나 들어도 들을 때마다 놀란다. 그 정도로 의외다.

액자에 대한, 그림에 대한 꿈. 하긴 과묵한 사람에게 꿈에 대해 묻는다면 이런 투박한 장인다운 발언을 할 법하다.

상품 확인이 끝났다. 나는 상자 안에 포장재를 넣고 종이 테이프로 뚜껑을 봉했다.

공방에 오는 발주 대부분 이렇게 뻔한 기성품인 현실에 이제는 더 이상 어떤 허무함도 느끼지 않는다. 굳이 수제 액자를 만들고 싶다고 의뢰하는, 시간과 돈에 여유가 있는 미술상이나 화가는 극히 일부다.

가끔 들어오는 주문 제작 의뢰도 대부분 제조업체에서 장식이나 마무리를 미리 해둔, 몰딩이라는 막대 모양 틀을 사용해서 만든다. 그러는 편이 싸고 빨리 만들 수 있다.

몰딩으로 하든 완전한 기성품으로 하든 무라사키 씨의 인맥 덕분에 매출은 많다. 매트보드(Matboard)*를 어떻게 조합할지 등을 상담할 수 있다는 점도 평가가 좋아 손님이 손님을 소개하는 형태로 이 공방은 잘 경영되고 있다.

무라사키 씨와 오래 알고 지내는 수집가에게서 개인용 맞춤 제작 요청이 오면 나도 돕거나 하지만 그것도 1년에 한두 번 있을까 말까다. 내가 상상했던, 그림이나 화가와 함께 처음부터 끝까지 정성껏 액자 만들기에 몰두하는 경험은 전혀 할 수 없었다. 애써 무라사키 씨에게 배워 몸에 익힌 지식과 기술도 이대로라면 거의 잊어버릴 것 같다.

물론 기성품 액자도 장점이 많다. 싼 가격으로 같은 모양

---

* 작품과 틀 사이에 들어가는 두꺼운 종이 혹은 천. 작품을 강조하는 효과가 있다.

을 여러 개 마련할 수도 있고 무엇보다 즉시 액자를 구입할 수 있다.

전시회 직전까지 그림을 그리다 액자 준비를 깜박 잊은 화가가 허둥지둥 뛰어오는 경우도 몇 번이나 있었다.

수작업으로 액자를 만들려면 아무리 짧아도 열흘이고 보통은 한 달 정도 시간이 필요하다. 그러니 그럴 때는 이미 만들어진 것 중에서 '이미지가 비슷한 것'을 선택하면 된다.

요즘 들어서는 이제 기성품으로도 괜찮지 않나 하는 생각도 든다.

여기는 백 년 전의 프랑스가 아니다. 르누아르도 피카소도 모딜리아니도 이제 없다. 대량 생산으로 빠른 유통을 성공시킨 현대의 경제 대국, 일본이다.

무라사키 씨는 유목을 소중하게 껴안고 뒷문으로 간다. 가는 길에 헌 신문지를 뒤적이는 걸 보아하니 햇볕에 말리려나 보다.

무라사키 씨의 '꿈'은 이런 것일까? 마치 놀이의 연장 같은. 어린아이가 도토리를 주워와서 만들기 숙제를 하는 것 같은 일.

골판지 상자를 수납장으로 옮기며 나는 어젯밤 오랜만에 술집에서 미대 친구 지로와 만나 나눈 대화를 떠올렸다.

지로는 미대를 졸업한 뒤 문구 회사에서 영업 일을 한다.

비교적 이른 시기에 "그림을 그려서 먹고살 수는 없을 것 같아"라며 명쾌한 직업을 선택했다. 일은 재미있어 보였고 상사에게도 인정받는 것 같았다.

선배가 술을 사준다거나 사원 여행에서 예쁜 여자 동료와 사귀게 되었다거나 하는 이야기를 들을 때마다 지로가 무척 부러웠다.

"소라치는 액자 공방 일 용케 계속하네."

지로가 감탄하듯이 말했기에 나는 애매하게 고개를 끄덕였다.

"응, 뭐."

"내 일이야 미술과는 거의 관계없지만, 그림 그리던 인간이 액자 만드는 일을 하면 힘들지 않아? 거리가 너무 가까우니까 말이야. 액자를 만들어도 그림만 주목받지 네 이름이 알려지는 건 아니잖아."

액자도 완전히 내가 만들지 않아. 그런 말을 하이볼과 함께 삼켰다.

지로는 풋콩을 집어 먹으며 "그건 그렇고"라며 기분 좋게 말을 꺼냈다.

"나, 승진했어."

"어, 대단한데."

붉어진 얼굴로 히히 웃는 지로에 찌릿하고 날 선 마음이 싹텄다. 그것을 숨기고 나는 지로를 쿡 찔러댔다.

"그럼 오늘 술값, 네가 내!"

"내가 왜!"라고 하면서도 지로는 점원을 불러 맥주를 더 주문했다.

혹시 내가 잘못된 선택을 한 걸까?

훨씬 편하고 유쾌하고 미래도 불안하지 않은 직장에서 일할 수 있는 길이 있는 게 아닐까?

내게는 선배도 동료도 없다.

뚱한 얼굴의 아저씨와 둘이서, 누가 봐도 명백한 사양 산업인데 이대로 계속해도 괜찮은 걸까?

오늘날 액자 장인에 대한 수요가 없다면 이제 다른 길을 찾아야 하는 게 아닐까? 서른 살이 되어서야 그런 생각이 들었다.

저녁 무렵, 작품을 가져다주기로 한 화랑 직원 둘이 공방으로 찾아왔다.

"수고 많으십니다. '엔죠지 화랑'에서 왔습니다."

경영자인 엔죠지 씨가 문을 열고 웃는 얼굴로 인사했다. 셔츠 반소매에서 나온 얇은 팔이 그림을 끼운 큰 판지(板紙)를 꽉 껴안고 있다.

그 뒤에 좀 더 작은 판지를 안고 바짝 따라붙듯이 들어온 사람은 타치바나 씨라는 여성이다. 경쾌한 짧은 단발이 잘 어울렸고 귀여워 보인다. 나이를 물어본 적은 없지만 엔죠지 씨도 타치바나 씨도 나와 비슷하거나 조금 위로 보였다.

"오."

무라사키 씨가 가볍게 눈인사를 하고 두 사람을 안으로 안내했다. 나는 작품을 펼칠 수 있도록 작업대 위를 얼른 정리했다.

내용은 미리 들었다. 엔죠지 화랑에서 요청한 이번 발주는 초가을에 개최하는 전시 이벤트에 쓸 액자 다섯 점이다.

몇 군데 화랑과 공동으로, 각 화랑이 보유한 '바로, 이거다!' 하는 비장의 작품을 유명·무명 불문하고 전시한다. 판매 목적이 아니라 순수하게 전시만 한단다.

엔죠지 씨가 말했다.

"큰 전시장에서 내보이는 거니까 좀 더 신경 써서 새롭게 액자를 만들어주셨으면 합니다."

넓은 작업대 위에서 무라사키 씨는 그림을 한 장씩 확인해간다.

이럴 때는 면장갑을 끼고 그림도 신중히 다룬다. 소중한 작품을 맡은 동안 우리는 굉장히 긴장한다.

"엔죠지 화랑은 언제나 그렇지만 안목이 참 좋네요."

무라사키 씨가 웃었다. 엔죠지 씨는 "그렇게 말씀해주시니 감사합니다"라며 겸연쩍은 듯이 웃었다.

그 옆에 바짝 다가서듯이 타치바나 씨가 무라사키 씨에게 얼굴을 돌렸다.

"멋 좀 부려주세요!"

"예산 나름이지요."

무라사키 씨가 나직이 답했고 둘은 마주 보며 살짝 웃는다. 그리고 조심스럽게 그림을 다시 포장하고 협의하러 테이블로 간다.

나는 냉장고에서 보리차를 꺼내 네 개의 컵에 부었다.

엔죠지 화랑과 아르브르 공방이 함께한 지는 2년 정도 되었다.

그들은 5년 전, 시즈오카에서 함께 도쿄로 왔다고 들었다. 자신들만의 화랑을 여는 것이 꿈이었다고 말했다.

연인인가? 뭐 그렇겠지. 사이가 좋아 보여 부럽다.

아, 이 사람들도 꿈인가?

좋겠다, 저렇게 좋아하는 사람과 함께 꾸는 꿈. 이루어가는 꿈.

쟁반에 보리차를 올리고 테이블로 가져가니 엔죠지 씨가 작품 리스트를 무라사키 씨에게 건네주던 참이었다.

무라사키 씨는 '으음' 하고 미간에 주름을 잡으면서 계산기를 들었다. 견적을 내는 건 아주 중요하면서도 무라사키 씨가 가장 힘들어하는 일이기도 하다. 나직하게 가라앉은 목소리로 무라사키 씨가 엔죠지 씨에게 물었다.

"그림을 보면서 한 작품씩 예산을 말할까요? 아니면 다섯 작품을 합산한 희망 금액을 제시하면 그에 맞춰서 할까요?"

"합산으로 합시다. 이번에는 바탕 디자인도 매트보드도 전적으로 아르브르 공방에 모두 맡기겠습니다."

"모두요?"

"네. 팔 게 아니라 전시만 하는 축제 같은 이벤트이기도 하니, 저희는 아르브르 공방이 어떻게 액자를 만들어주실지 기대하기로 이야기를 끝냈습니다. 아르브르를 신뢰하고 있으니 잘 부탁드립니다."

엔죠지 씨가 고개를 숙였다.

무라사키 씨는 등받이에 기대어 팔짱을 꼈다.

"······이런 영광이."

그리고 보리차를 한 모금 마시더니 갑자기 자세를 바로 하고는 두 사람에게 얼굴을 돌렸다.

"마음을 담아 임하겠습니다. 완벽한 결혼이 되도록."

나도 모르게 "어?" 하고 소리를 질렀다.

"두 분 결혼하세요?"

엔죠지 씨는 "아뇨, 아뇨"라며 웃으면서 손사래를 친다.

"그림과 액자가 완벽하게 잘 어울리는 상태를 '완벽한 결혼'이라고 표현합니다. 유럽 액자업계에서 누군가가 그렇게 말한 모양이에요."

그 말을 받아 무라사키 씨가 턱을 괴면서 말했다.

"자신은 드러내지 않고 그림을 돋보이게 하며 지키고 지지하고 응원한다……. 갸륵하구먼, 액자라는 건."

타치바나 씨가 고개를 살짝 갸웃거렸다.

"그럼 그림과 액자 중 어느 쪽이 남자고 어느 쪽이 여자인가요?"

다그치는 듯한 말에 무라사키 씨는 "글쎄요?"라며 눈을 피했다.

엔죠지 씨가 부드럽게 웃으며 말했다.

"그건 둘 다 아닐까. 때와 장소에 따라 다를지도 모르고. 서로 이런 사람이 좋다고 하는 게 아니라, 이 사람이 좋다고 생각하면 그게 완벽한 조합이라고 생각해. 사람은 모두 단한 사람밖에 없으니까."

혹시 지금 그림과 액자 이야기를 빙자해 엄청난 자랑을 하는 건 아닌지.

나는 히죽거려도 될지 망설이다가 입술에 꽉 힘을 주었다.

타치바나 씨는 아무 말도 하지 않았고 눈길도 어딘가 빗나가 있었지만 뭔가 뿌듯해하는 표정을 볼 수 있었다.

"액자(額緣)*의 한자 중 테두리에 해당하는 한자(緣)에 인연이라는 뜻도 있어요."

혼잣말처럼 엔죠지 씨가 중얼거렸다.

엔죠지 화랑 사람들이 돌아간 뒤 무라사키 씨가 복사해서 가지고 있으라며 작품 리스트를 나에게 넘겼다. 그리고 그대로 뒷문으로 나간다. 뒤에서 말리고 있는 유목을 보러 가는 것이리라.

작품 리스트를 넣은 복사기가 인쇄지를 쑥쑥 뱉어낸다. 나는 인쇄된 종이를 집어 들었다. 그 리스트 가운데 하나가 빛나듯이 도드라져 보여 눈이 크게 떠졌다.

잭 잭슨(호주), 〈에스키스〉, 수채화.

기억의 바다에서 둥실 모습을 드러낸 그 이름.

잭 잭슨?

나는 떨리는 가슴으로 아직 작업대 위에 있는 엔죠지 화랑의 작품을 확인하러 갔다.

두꺼운 종이에 붙은 표시를 확인한다. 〈에스키스〉. 이거다. 면장갑을 끼고 판지를 조심스럽게 열자 얇은 종이 밑에

---

* 액자에 해당하는 일본어 한자.

서 빨간 옷을 입은 젊은 여자가 나타난다.

탄력 있는 긴 머리, 빛을 받은 반짝임을 표현한 기법. 그 터치를 보고 눈물이 날 뻔했다.

잭. 그래, 잭이다. 여기서 드디어 만나다니.

……대학교 3학년 봄 방학, 싼 여행 상품이 있다며 함께 멜버른으로 가자고 꾄 것은 지로였다.

예술이 넘쳐나는 거리, 멜버른. 장관이었던 그레이트 오션 로드와 필립섬의 펭귄. 우리는 여행사가 기획한 4박 6일 투어에 끼어 빠르게 관광지를 돌아다니며 즐겼다.

그 가운데 자유 시간이 하루 있었다. 시내 관광. 나와 지로는 일부러 각자 다니기로 했다.

나는 빅토리아 국립 미술관 위주로 보기로 하고 혼자서 거리를 천천히 걸어 다녔다.

벽에 색색의 그라피티가 그려져 있다. 자유롭게 '낙서'해도 좋은 공간이라지만 수준이 정말 높다. 도로에서 분필로 직접 그림을 그리는 사람의 모습도 볼 수 있었다. 정말로 온 거리가 캔버스 같았다.

건물 한 모퉁이의 문이 열려 있었다. 살짝 들여다보니 화방인 것 같았다. 나는 그곳으로 들어갔다.

풍채 좋은 아저씨가 계산대에 있고 그 옆에는 곱슬머리 청년이 의자에 다소곳이 앉아 있다. 나와 눈이 마주치자 그는 친근하게 웃어 보인다. 처음 보는데도. 이끌리듯 나도 미소로 답했다.

청년 앞의 작은 테이블 위에 도화지와 물감이 어지럽게 놓여 있다. 그림을 그리고 있다기보다 그림 재료를 실험하는 것 같다.

바로 옆 벽에 수채화 한 점이 걸려 있다. 짙은 감색 바탕에 투명한 파랑으로 그려진 길고 가냘픈 삼각 탑. 탑 아래쪽은 치마처럼 우아하게 펼쳐진다.

나는 마음을 빼앗겼다.

눈도 가슴도 두 손과 두 발도, 그 그림을 본 순간 온몸이 그림에 빨려 들어가는 듯했고, 그런 느낌이 든 적은 처음이었다.

이 얼마나 아름다운 파랑인가. 그 속에 자리 잡은 섬세하면서도 힘찬 탑의 필치. 가슴속을 강하게 뒤흔드는 듯한, 그런 뒤에 온화하게 진정시키는 듯한……

정말로 매력적인 작품이었다. 언제까지나 계속 계속 보고 싶었다.

내가 그림을 보고 있으니 잭이 의자에 앉은 채 영어로 말을 걸었다.

"내가 그렸어."

영어는 그다지 잘하지 않지만 그런 의미라는 것은 알 수 있었다.

그림 아래에 'Jack Jackson'이라고 손으로 쓴 종이가 붙어 있다.

잭 잭슨. 인상적인 이름이다.

"멋진 그림이네."

나는 짧게 말했다. 뷰티풀이었는지 판타스틱이었는지, 어휘력이 없어서 그런 말밖에 나오지 않았다. 제대로 전달할 수 없음이 안타까울 정도로 정말 훌륭한 그림이었다. 수채화의 부드러운 세계관을 살리면서도 탑의 날카로운 반짝임이 선명하게 표현되었다.

"아트센터 탑이야."

청년은 의자에서 일어나 내 옆에 섰다. 그러고 보니 그는 생각보다 몸집이 작았다. 그렇게 키가 크지 않은 나를 좀 올려다보듯이 미소 짓는다.

아트센터라는 말을 듣고 나는 갖고 있던 지도를 보았다.

좀 전에 바로 지나쳐왔을 터. 각종 극장과 콘서트홀의 복합 시설, 그 건물 위에는 분명 이런 탑이 있었다.

그러나 내가 본 탑은 파란색이 아니라 하얀색이었던 것 같았다. 아트센터 탑은 멜버른의 상징이라고 안내 책자에도 적혀 있다. 멀리서도 잘 보이기 때문에 이정표 삼아 걸어왔다.

뭐라고 해야 좋을지 몰라서 가만히 그 그림을 보고 있으니 잭이 말했다.

"밤이 되면 이렇게 파랗게 라이트 업을 해."

그렇구나, 이건 야경이구나.

아름다운 한밤중에 우뚝 솟은 푸르스름한 탑. 그 아름다운 강약에 나는 새삼 눈길이 갔다. 붓으로 그렸다고 하기엔 탑이 지나치게 날카로웠다.

"어떻게 그린 거야?"

내가 그렇게 묻자 잭은 기쁜 듯이 "여기 봐"라며 의자에 다시 앉았다.

팔레트에 파란색 물감을 짜서 물을 머금은 붓으로 물감을 녹인다. 도화지 한 부분에 파란색 물감을 듬뿍 칠하더니 붓을 놓는다. 그리고 다른 도구를 다시 잡는다.

페인팅 나이프.

잭은 마름모꼴의 나이프 끝으로 파란색 위를 긁는다. 쓱하는 소리가 나더니 새하얗고 가는 선이 나타난다. 나는 나도 모르게 "우와!" 하고 소리를 질렀다.

"스크래치, 스크래치……."

노래하듯이 중얼거리면서 잭은 몇 번이나 나이프를 긁었다. 무척 기분 좋아 보였다.

파랑 속에 그물처럼 새겨진 하양. 마르고 난 뒤 그곳에 다시 엷은 파랑을 칠해 번지게 하거나 부분적으로 그대로 두어 하얀 부분을 살려서 그 그림을 완성한 것 같았다.

그날 잭은 페인팅 나이프를 사용한 여러 가지 기법을 보여 주었다.

날의 측면에 물감을 묻혀 미끄러지게 하면 삭 하고 생기 있는 직선이 만들어지고 물을 떨어뜨린 부분에 나이프의 면을 마구 누르면 예상하지 못한 얼룩이 생겨 신기했다.

미대에서 유화를 전공한 나에게 페인팅 나이프는 익숙한 도구다. 그런데 물감을 입체적으로 만들어가는 유화 화법이 아닌 수채화에서 이렇게 다양한 활약을 하다니.

"해볼래?"

잭이 얼굴을 들었다. 나는 고개를 끄덕였다.

무슨 색이든 괜찮다고 해서 나는 물감 상자에서 망설임 없이 빨간색을 골랐다.

도화지 구석에 만든 빨간 공간에 페인팅 나이프를 댔다.

싹. 기분 좋은 손맛이 전해져온다. 흥분된 나도 잭의 흉내를 내며 중얼거렸다. 스크래치, 스크래치.

"일본에도 이런 탑이 있어. 빨간 도쿄 타워."

나는 재빠르게 삼각형을 그리고 도쿄 타워를 단순하게 그려 보였다. 잭에게 이 탑을 알려주고 싶어서 나는 빨간색을 선택했다.

"우아" 하고 잭은 눈을 반짝였다.

"나도 도쿄 타워 보고 싶어. 일본에는 아직 안 가봤지만 관심은 많아. 일본인 친구도 있어."

그런 뒤 잭과 나는 띄엄띄엄 몸짓과 손짓을 섞어서 이야기했다. 가게에는 달리 손님도 없었고 계산대에 있는 주인인 듯한 남자는 신문의 낱말맞추기에 빠져 있었다.

잭은 다양한 아르바이트를 하면서 그림을 그린다고 했다. 이 화방도 아르바이트하는 곳 가운데 한 곳이다. 최근에는 공모전에 출품한 그림이 작은 상을 받았고 많지는 않으나 작품 의뢰가 오기도 한단다. 잭과 내가 같은 스물한 살이라는 사실을 알았을 때는 둘이서 흥분했다.

그런데 한 가지 이해할 수 없는 부분이 있었다.

잭의 아트센터 그림이 칙칙한 적갈색 싸구려 액자에 들어가 있다는 점이다. 액자 상단 중앙에 하트 모양의 부품 하나가 아무 의미 없이 붙어 있다. 폐기 직전의 액자를 사용했다고밖에 생각할 수 없다.

낡아빠진 그 액자를 보니 새삼스럽게 안타까운 마음이 들었다. 이 훌륭한 그림이 왜 이런 취급을 받아야 하나 싶어 화가 날 정도였다.

이 그림에는 이것보다 더 잘 어울리는 액자가 있을 텐데.

훨씬, 훨씬 귀하게 다루어야만 할 작품인데.

86

"이 액자는?"

조심스럽게 묻자 잭은 살짝 쓴웃음을 지었다. 본인도 마음에 들지 않은 듯했다.

"가게 창고에 있던 거야. 내 그림이 마음 편히 쉴 수 있는 액자와 만날 수 있으면 좋겠지만."

그때 몇 명의 여자 손님이 들어와서 빠른 영어로 가게 주인과 이야기하기 시작했다. 가게 주인이 잭을 불렀고 잭은 뭔가 복잡한 일을 상담하는 듯했다. 손목시계를 보니 지로와 약속한 시각이 다 되었다. 이제 나가야만 했다.

난처한 얼굴로 손님을 상대하는 잭에게 말을 거는 것도 미안해서 나는 개운치 않게 가게를 나왔다.

잭 잭슨. 그 이름을 머릿속에서 복창했다. 몇 번이나.

귀국 후에도 그 그림을 잊을 수 없었다. 그리고 그림과 동시에 그 액자가 떠올랐다. 그림의 매력이 좀 더 돋보이는 액자에 넣으면 좋을 텐데. 어릴 때부터 쭉 그림을 좋아했으면서도 액자의 '존재'를 이렇게 제대로 인식한 것은 그때가 처음이었는지도 모르겠다.

대학에 액자에 관한 정규 수업은 없다. 내가 그린 작품도 캔버스 채로 벽에 건 적이 많다.

액자에 강한 흥미를 느낀 나는 닥치는 대로 미술관을 방문해 유심히 보았다. 어떤 액자여야 잭의 그림에 어울릴까? 액자 장인은 어떤 식으로 그림과 액자를 짝지을까? 그러는 사이 어느새 그림보다 액자에 심취했다.

액자 장인의 손을 거쳐 나온 액자와 그림은 둘이서 하나인 것이 아니라 저마다 표정이 있다. 액자의 크기, 굵기, 모양, 색감. 새겨진 조각과 무늬. 액자가 다르면 그림의 인상도 달라진다. 그러나 신기한 것은 아무리 호화롭고 현란하게 만든 액자라도 역시 눈이 그림에 간다는 사실이다.

어쩌면 착각인지도 모른다. 우리는 그림에 이끌리는 동안에 분명 액자도 보고 있으므로. 주제넘게 나서지 않고 그림을 돋보이게 하는 멋진 조화. 예술적이면서 은밀히 다 계산돼 있다. 재미있다.

액자를 만들어보고 싶다. 나도 언젠가 이 손으로 이런 식으로 액자를 만들고 싶다. 그런 생각이 불끈불끈 솟구쳤다.

그리고 취업을 알아보던 끝에 아르브르 공방을 찾았고 나는 액자 장인이 되기로 결심했다. 잭의 그림과 만난 일이 내가 그림에서 액자로 돌아선 이유다.

내게 예지 능력은 없지만 강한 확신이 있었다. 잭은 틀림없이 화가로서 대성한다. 그런 그림이, 그런 사람이 거기 묻혀 있을 리 없다고 생각했다.

잭이 훌륭한 화가가 되었을 때 나도 당당히 그에 걸맞은 액자를 맡을 수 있는 숙련된 액자 장인이 되고 싶었다.

분명 그렇게 생각했다. 그때는…….

뒷문에서 무라사키 씨가 돌아왔다.

아니나 다를까 유목을 겨드랑이에 꼈다. 작업대 앞에서 멍하니 있는 나를 보고 의아한 얼굴로 다가왔다.

잭과는 그 이후로 만난 적이 없고 〈에스키스〉라는 이 그림이 언제 그려진 건지도 모른다. 그렇지만 잭은 이제 이렇게 해외 화랑에서 중요하게 생각할 정도의 화가가 된 것이다.

"사장님……."

"응?"

"제가……. 제가 이 그림의 액자를 만들도록 허락해주십시오."

무라사키 씨는 놀라 잠시 입을 벌렸다. 눈을 동그랗게 뜨고는.

"……잭이라는, ……이 그림을 그린 화가와 한 번 만난 적이 있어요. 잭의 그림을 보고 처음으로 액자에 흥미를 가졌고요."

내가 사정을 말하자 무라사키 씨는 잠깐 생각하더니 허락했다.

"알았어. 혼자서 잘 만들어봐."

혼자서. 그 말의 무게에 내가 부탁했는데도 새삼 혁하고 숨을 들이켰다. 무라사키 씨는 무표정으로 이어 말했다.

"혼자서 처음부터 끝까지 완성하게끔 가르쳐놨으니까."

"……감사합니다."

가슴속에서 제작 의욕이 뭉게구름처럼 뭉게뭉게 부풀어 올랐다.

멜버른 구석에 있던 화방 문은 아직 나를 향해 열려 있었다. 틀림없이.

무라사키 씨가 돌아간 뒤 나는 혼자 작업대 앞에 섰다.

〈에스키스〉라는 제목의 그림은 상반신 인물화다.

빨강과 파랑 두 가지 색 물감만으로 그렸고 색이 섞인 상태가 절묘하다. 그 배색 때문에 더욱 멜버른에서 잭과 만난 그날 일이 떠올랐다. 운명이라고 느낄 정도다.

모델인 여자는 스무 살 정도인가? 빨간 블라우스. 가슴팍에는 파란 새 브로치가 달려 있다. 여자는 조금 비스듬하게 앞을 보고 있고……. 아니, 아마 그곳에 있는 누군가를 응시하고 있고…….

안타까운 표정이다. 하지만 왜 그럴까? 그 눈동자에서 고요한 외로움 속에 끓어오르는 격렬한 열정도 느껴졌다.

얼굴 모양과 머리카락에서 모델이 동양인이라고 상상할 수 있다. 긴 머리카락에는 섬세한 선이 곳곳에 들어갔다. 찰랑찰랑한 직모가 표현된 그곳에서 잭의 페인팅 나이프 기법이 빛난다. 마치 잭이 이 그림을 그리는 모습을 보는 듯한 느낌이다.

에스키스는 스케치의 일종이다. '밑그림'이 아니어서 실제 작품과는 다른 종이나 판에 자유롭게 그리며 여러 가지를 구상한다. 머릿속에 있는 것을 현실 세계에 내보이는 최초의 작업. 그리다가 새롭게 태어나는 광경. 망상과 현실을 왔다 갔다 하며 작품을 완성해가는 '실마리 의식'일지도 모른다.

왜 제목이 〈에스키스〉인지는 모른다. 에스키스가 그대로 작품이 되었는지 아니면 이 여자에게 얽힌 드라마에 에스키스적인 의미가 담겨 있는 건가.

잭은 일본인 친구가 있다고 말했다. 그 친구가 이 사람인가? 어쨌든 모델이 될 정도니까 어떤 식으로든 관계가 있음이 분명하다.

나는 모눈종이를 펼치고 액자 틀 디자인의 데생부터 착수했다.

우선은 액자 모양이다. 그림의 정숙함을 죽이지 않도록 장식적인 요소는 피하고 싶다. 그렇다고 너무 조심스러우면 작품 전체가 어두워질 수 있다. 나는 끙끙거리다가 다시 그림 속 여자를 응시했다.

여자가 가진 고독한 분위기. 당장이라도 울 것 같은 표정.

뭔가, 뭔가 희망을 주고 싶다…….

문득 가슴팍의 브로치가 눈에 들어왔다. 파란 새. 날개를 펼치고 자유롭게 하늘을 나는 모습.

이거다.

나는 연필로 모눈종이 위를 달렸다.

액자 틀이 될 몰딩 안쪽에서 바깥쪽으로 산 같은 곡선을 그렸다. 바깥쪽 산자락에 해당하는 부분은 완만하고 평평하게. 그렇게 하면 새가 날개를 펼치는 듯한 단면이 된다. 합쳐보면 이해하기 어려울지도 모르지만 은밀하게 넣어둔 장치는 반드시 배어나기 마련이다.

그리고 평평한 틀의 네 모퉁이에…… 날개를 조각한다. 그렇게 하자. 모델에게 용기를 불어넣듯이, 귀엽게 연출하자.

다음은 틀 폭이 문제다. 굵으면 이 그림에는 무겁고 얇으면 조각을 새길 수 없다.

나는 몰딩 샘플을 넣어둔 상자를 작업대로 옮겼다. 공장에서 만든, 이미 완성된 액자용 몰딩이라 잘라서 그대로 짜 맞추기만 하면 된다. 다행스럽게도 아르브르 공방에는 다양한 종류가 준비돼 있다.

데생과 가장 비슷한 모양을 상자 안에서 찾는다. 지금까지 무라사키 씨를 도와 여러 번 이렇게 액자를 만들어왔다. 반드시 마음에 드는 물건을 찾을 수 있을 테다.

산 모양 단면으로 된 몰딩을 몇 개 찾아 그림에 대보면서 나는 완성한 액자를 상상했다. 그런데 도무지 정할 수가 없었다.

……뭔지 모르지만 이게 아니야.

뭔가 딱 들어맞지 않는다. 그렇게 어려운 디자인도 아닌데 상상과 비슷한 액자 몰딩도 많고, 이미지에 맞을 것 같은데도, 뭔가 달랐다.

나는 눈을 감고 한숨을 쉬었다. 잠시 쉬려고 일어났다.

냉장고까지 걸어가서 보리차에 손을 뻗었다. 그때 엔죠지 씨의 말이 머릿속에 불쑥 떠올랐다.

'이런 사람이 좋다고 하는 게 아니라, 이 사람이 좋다고 생각하면 그게 완벽한 조합이라고 생각해. 사람은 모두 단 한 사람밖에 없으니까.'

'그래'라는 소리가 나도 모르게 새어 나왔다.

나는 쭉 '이미지에 가까운 것'을 골라 액자를 만들려고 했다. 언제부터인지 그렇게 일하는 방식에 익숙해졌다.

엔죠지 씨의 말을 액자와 그림으로 바꾸어보자.

이런 액자가 좋은 게 아니라, 이 액자가 좋다고 생각되면.

그것이 완벽한 조합이다. 그림은 모두 단 하나뿐이니까.

냉장고의 문을 닫고 공방 구석으로 뛰어갔다. 목재가 있는 곳이다.

나는 마구 뒤졌다.

'어울릴 것 같은 것'이 아니라 딱 맞는 하나를 찾으려고.

다음 날 아침, 무라사키 씨의 목소리에 잠이 깼다. 공방에 있는 긴 의자에서 잠든 나를 걱정해서 흔들어 깨운 모양이다.

"어젯밤에 여기서 잤냐?"

나는 잠이 덜 깨서 멍한 채로 일어났다. 해 뜰 무렵 잠시 누워야지 했는데 잠이 들었나 보다.

"막차를 놓쳐서 그대로 작업했거든요."

"건강 챙기면서 해야지."

무라사키 씨는 미간을 찌푸리며 말했다. 나는 건성으로 답하면서 일어났다.

"사장님, 저…… 드릴 말씀이 있어요."

무라사키 씨는 나를 힐끗 보고는 테이블에 앉아 재촉하듯이 의자를 가리켰다. 나는 무라사키 씨 맞은편에 있는 그 의자에 앉았다.

"저기, 액자 말인데요. 몰딩 말고 목재로 만들어도 될까요?"

지금까지 무라사키 씨가 만드는 일을 도운 적도 있고 연습삼아 내가 쓰려고 만든 적도 있다. 그러나 의뢰받은 액자를 혼자서 목재부터 다룬 적은 없었다. 그리고 미안한 말이지만 엔죠지 화랑이 예산을 여유 있게 책정했을 것 같지는 않았다.

나는 작정하고 말을 꺼낸 거였는데 무라사키 씨는 놀라는 기색도 없이 시원스럽게 받았다.

"드디어 그 말이 나왔군. 자네가 그렇게 말하길 기다렸다네."

"……하지만 예산 문제라든가……."

내가 주저하면서 말하자 무라사키 씨는 한쪽 입꼬리를 올린다.

"하나는 유목을 사용할 거야. 그러니 자네 액자에 다소 돈이 들어도 엇비슷해."

나는 안도와 기쁨으로 "그건 공짜니까요!"라며 웃었다. 그런데 무라사키 씨는 나무라는 표정을 지었다.

"공짜라는 말은 틀렸어. 값을 매길 수 없는 거지."

무라사키 씨는 테이블 위에서 손깍지를 꼈다.

"엔죠지 화랑이 가져온 이번 작품 중에 19세기 떠돌이 공연단을 그린 유화가 있어. 가족일지도 모르지. 노인도 있고 아이도 있으니. 그 작품을 보았을 때, 아 유목으로 연결하면 딱 맞겠다고 생각했지. 흘러 흘러 다양한 세상을 보고 왔을 유목이 지금의 모습이 되기까지 걸린 긴 시간과 경험, 표정과 정취를 그대로 신중하게 살린다면 말이야."

갑자기 흥분하며 말하는 무라사키 씨를 보고 나는 조금 당황했다.

무라사키 씨는 늘 묵묵히 작업만 해왔기 때문에 마음도 냉정하고 침착하다고 여겼다. 그러나 달랐다. 진심으로 액자 만드는 일을 좋아하며 이렇게 열정적인 마음으로 세심한 부분까지 전념한다.

마치 준비된 것처럼 무라사키 씨의 손에 굴러들어온 유목.

그렇구나, 그런 거였어.

"사장님, 이럴 때를 대비해 유목을 주워오신 거네요."

고개를 끄덕이면서 이렇게 말하자 무라사키 씨는 아니라고 고개를 가로저었다.

"이런 경우는 우연이지. 상품이 될지 말지 상관없이 나는 그냥 수작업으로 만든 액자를 남기고 싶을 뿐이야. 형태를 만들어서 보여주지 않으면 모르니까."

보여준다? 모르다니, 누가?

내가 놀라는 걸 보고 무라사키 씨는 턱에 손을 갖다 대면서 말했다.

"나는 좀 위기를 느껴. 일본 미술이 위험하다고 말이야. 소재를 예로 들어 말하자면, 에도 시대 이전의 책은 아직도 멀쩡하게 남아 있잖아. 그러나 최근 백 년 안에 만들어진 종이는 분화(粉化)*해서 그렇게 견디질 못해. 애써 만든 문헌과 그림이 으스러지는 거지. 예전에는 뛰어난 기술이 많았는데 구

* 종이 위의 잉크나 도료가 가루처럼 벗겨지는 현상.

전으로만 전승되다 보니 사라져버린 게 여러 개 있고. 자동화가 되면서 후계자를 차분히 기를 틈이 없었거든. 산업혁명 뒤에 육성된 건 제자가 아니라 빌딩뿐이야."

봇물 터지듯 쏟아져 나오는 무라사키 씨의 말을 나는 말없이 경청했다. 무라사키 씨는 먼 곳을 보는 듯한 시선으로 이어서 말했다.

"액자는 유명한 화가나 미술관만 쓰는 게 아니야. 아주 평범한 일반 가정에서 훨씬 일상적으로 즐길 수 있는 물건이야. 아이가 그린 그림이든 좋아하는 사람에게 받은 우편엽서든 기분 좋은 물건이 늘 옆에 있는 건 굉장히 풍성한 삶이잖아. 나는 액자의 장점을, 그 기술을, 가능한 많은 사람에게 보여주고 전하고 싶어. 일반 사람들에게 훨씬 친근한 존재가 되도록 알리고 싶은 거지. 그게 내 꿈이야. 사람의 일상과 더불어 그림이 계속 남아 있는, 진정한 풍요로운 생활이 되도록 말이지."

정말로 무라사키 씨가 한 번에 이렇게 많이 말하는 걸 처음 보았다.

평소 과묵한 그 가슴속에 이만큼 많은 생각이 들어차 있다는 것을 왜 몰랐을까?

"꿈을 꾸지 않으면 안 돼"라는 그 한 마디에 모든 것이 응축되어 있었는데.

이제야 알 수 있었다.

무라사키 씨의 꿈은……. 액자와 그림만이 아니다. 날마다 살아가는 일상 자체다. 살아 있는 육체와 마음을 가진 사람들의 일상.

무라사키 씨가 나를 힐끗 본다.

"어떤 나무를 쓸 건지 정했어?"

나는 고개를 끄덕였다.

"벚나무요."

일본에 흥미가 있다고 말한 잭에게 일본인인 내가 친애하는 정을 담아서.

디자인이 정해지자 나는 나무 자르기에 착수했다.

그림 크기는 B4. 액자와 그림 사이에 거리를 두기 위한 매트보드 폭을 고려해 액자 틀의 길이를 정했다. 세로 인물화니까 안정적으로 보기 좋게 세로 길이를 가로보다 조금 넓혔다. 이런 미세한 계산이 전체적인 인상에 영향을 준다.

전기톱과 대패질로 나뭇결을 만들어내고 있자니 생각이 없어졌다.

어떤 가공도 하지 않은 나무와 마주하자 나무가 숨을 쉬고 있다는 걸 깨달았다.

휨, 비틀림, 얼룩, 마디. 모든 나무는 어디를 어떻게 잘라도 각각 개성이 있다.

그렇다. 나무도 하나하나 독특한 생명체다. 우리와 똑같은.

나는 새삼 이 공방의 이름을 생각했다.

아르브르(Arbre). 프랑스어로 '나무'.

어쩐지 잘 어울린다. 나는 향기로운 나무 향에 둘러싸여 벚나무를 가만히 쓰다듬었다.

때때로 무라사키 씨에게 확인받으면서 나는 시간과 품을 들여 나뭇결을 다듬고 치수에 맞게 신중히 틀을 짰다.

액자의 전체 모습이 보이자 마음이 놓이는 한편 새로운 긴장이 생긴다.

새의 날개를 조각하는 일. 꽤 중요한 요소다. 여기서 어울리지 않게 세공하면 전부 엉망이 된다. 나는 도감과 화집을 몇 권이나 뒤적이며 다양한 종류의 날개를 연구했다. 어떤 날개를 어떤 식으로 조각할지…….

잭과 보낸 얼마 안 되는 시간을 떠올렸다. 그때 잭이 기쁜 듯이 내게 가르쳐준 페인팅 나이프 기법.

스크래치, 스크래치.

……그래, 스크래치다. 조각칼로 입체적으로 조각하는 게 아니라 창칼로만 살짝 긁듯이 그리는 거야. 너무 드러나지 않게, 하지만 우아하고 귀엽게. 네 귀퉁이에서 춤을 추는 경

쾌한 날개들이 여자가 감추고 있는 아픔을 부드럽게 감싸줄 것이다.

스스로 놀랄 정도로 순조로웠다. 날개를 새기고 사포질해서 매끄러운 나뭇결이 완성되는 과정을 나는 충실하게 진행했다.

마지막으로 박(箔)을 입히면 완성이다. 나는 서랍을 하나 열어 종이에 싸여 있는 박을 조심스럽게 꺼냈다.

박에는 금박을 필두로 은박, 동박, 알루미늄박, 먹박, 백금박 등 다양한 종류가 있다.

순금박을 사용하려고 마음먹었다. 비싸지만 비싼 만큼 그게 진리였고 예산은 걱정하지 말라고 무라사키 씨도 말했다. 누가 뭐래도 그만큼 애착이 있었다. 최고의 찬사를 받게 해주고 싶었다.

그러나 금박을 싼 종이를 열어 반짝이는 금빛을 본 순간 손이 멈췄다. 남의 옷을 입었을 때와 같은 위화감을 느꼈다.

저 그림을 매력적으로 보이게 하는 데 이게 최선일까?

나는 금박을 도로 싸고 생각에 잠겼다.

좀 더 세련된 분위기가 나게 은박으로 할까? 아예 박을 입히지 말고 소박하게 원목인 채로 가는 게 더 나을까?

아니야, 역시 금박이야. 우리가 다시 만난 기적을 축하하고 싶다. 아니, 하지만······.

생각하면 할수록 점점 정하기 어려웠다.

내가 그림을 그릴 때의 갈등이나 망설임과는 다르다. 어디까지 하고 싶은 대로 해도 되는 걸까?

지로가 말했다. 액자 따위 만들어도 그림만 주목받지 네 이름은 나오지 않은 거 아니냐고.

맞다. 그래서 내 생각만이라도 강하게 넣고 싶은지 모른다.

그러나…… 그건 액자 장인으로서 정말 작품을 생각하는 자세일까? 화가의 마음을 무시하는 건 아닐까?

액자가 그림보다 두드러지면 안 된다. 내가 액자고 잭이 그림이다.

잭이라면.

잭이라면, 어떤 것을 원할까?

'내 그림이 마음 편히 쉴 수 있을 액자와 만날 수 있으면…….'

그때 잭의 목소리가 멀리서 울려온다. 확실하게 마음을 정했다.

사용해야 할 건 금박이 아니다. 빛이 너무 강하면 이 작품이 살포시 안고 있는 등불이 꺼져버린다.

이 그림에 딱 어울리는 건…….

나는 금박 꾸러미를 다시 넣어두고 망설임 없이 다른 서랍을 열었다.

황동박이다. 그렇게 확신한다.

황동박은 언뜻 보면 금으로 보이지만 구리와 아연으로 만든 것이다. 배합을 어떻게 하느냐에 따라 박의 색이 조금씩 다르다.

서랍에서 꺼낸 청금색 황동박.

아연의 배합이 약간 많은 파란빛을 띤 금색. 차가운 빛을 가진 이 색은 그림 속 여자에게서 온기를 끌어낼 것이다.

아교를 사용해 숨 쉬는 것도 잊을 만큼 집중해서 박을 입힌다.

너무 얇아 찢어지기 쉬운 박이 달라붙듯이 나무와 동화될 때마다 나는 잭과의 신기한 일체감을 느꼈다.

잭이 여기에 없어도, 몇 년이나 만나지 않았어도, 지금 나는 틀림없이 잭과 함께 이 액자를 만들고 있다.

지로의 말처럼 온 힘을 다해 혼을 쏟아붓는다고 액자 장인의 이름이 드러나는 건 아니다. 얼마나 많이 고민했는지, 얼마나 많은 시간과 애정을 쏟았는지 따위 아무도 모른다. 그러나.

내가 알고 있다.

세상에 하나밖에 없는, 이 멋진 액자를 만들어낸 사람이 바로 나임을.

그것이 내 커다란 자긍심이다. 그거면 충분하다.

와, 나는 지금 얼마나 행복한 일을 하는 걸까.

기다려줘, 잭.

백 년 뒤에도 이 그림을 지킬 수 있는 액자를 완성해서 보여줄게.

무라사키 씨는 한동안 〈에스키스〉를 끼운 액자를 말없이 찬찬히 보았다.

나는 긴장하며 무라사키 씨의 말을 기다린다.

"금박으로 하라고 했는데 황동박으로 잘 결정했네, 소라치. 멋진 판단이야."

그 말을 들으니 안심이 되었다. 몸에서 긴장이 풀렸다.

무라사키 씨는 만족스러운 표정으로 말했다.

"액자 만드는 사람이 화가와 작품을 개인적으로 너무 좋아하면 좀 위험하지. 애정이 깊은 만큼 냉정함을 유지하고 무엇이 옳은지 판단하기가 쉽지 않거든. 버리지 않으면 안 되는 감정도 있고."

그리고 그는 액자의 아랫부분에 검지를 대며 살짝 웃었다.

"여기, 얼룩도 참 좋은데."

어깨가 움츠러들었다.

역시 아직 멀었다. 완벽하지 못했다.

"······죄송합니다. 좀 더 깔끔하게 붙이도록 주의하겠습니다."

"아니야, 놀리는 게 아니라 진심이야. 수작업이기 때문에 나올 수 있는 겸손한 흔들림이 좋은데? 질리지 않는 인간미가 있어."

무라사키 씨는 〈에스키스〉 액자에서 검지를 떼고는 나를 지긋이 보았다.

"그런 것도 다 포함해서 액자가 이 그림에는 진짜 잘 어울려. 열심히 했다."

기뻤다. 무라사키 씨에게 인정받아서. 그런데 어쩐지 나보다도 무라사키 씨가 더 기뻐하는 듯해서 가슴이 뭉클해졌다.

크게 숨을 내쉰 뒤 무라사키 씨는 진지하게 말했다.

"구인 광고를 냈을 때 자네가 와서 좋긴 했는데, 솔직히 금세 그만둘 줄 알았어. 한창 놀고 싶어 할 나이의 청년이 그 욕구에 질 줄 알았거든."

눈을 감을 듯한 무라사키 씨의 표정에 나는 나를 돌이켜 생각해보았다. 그리고 결심하고 고개를 들었다.

"욕구보다는······ 꿈을 꾸지 않으면 안 되잖아요."

내가 의기양양하게 말하자 무라사키 씨는 "내 흉내 내지 마"라며 얼굴을 찌푸렸다. 웃음이 터지는 것을 참는 듯했다.

액자(額緣, 액연)에서 틀이라는 뜻의 한자는 인연 연(緣)자다.

내게 또 하나의 꿈이 생겼다.

그리 머지않은 미래에 다시 멜버른을 방문할 것이다.

잭 잭슨이라는 이름을 이정표 삼아 그를 만나러 찾아갈 것이다.

앞으로도 많은 그림을 그려달라고 전할 것이다.

잭의 열정적인 팬이자 긍지 높은 액자 장인으로서…….

3장

토마토 주스와
버터플라이피

축하한다는 말은 좋은 말이다. 어떤 때라도 그렇다.

여러 사람에게서 오는 축하 문자에 하나씩 답장을 보낸다.

'축하해! 울트라 만화대상!'

－고마워!

'울트라 만화대상, 축하해! 굉장해!'

－땡큐! 굉장하지?

'영예로운 상을 받은 걸 축하합니다. 해냈네요. 대단합니다!'

－고맙습니다. 앞으로도 잘 부탁드립니다.

도리에 어긋나거나 실수가 있으면 안 된다. 답장을 빠뜨리지 않도록 신경 쓰면서 상대에게 어울리는 단어를 고른다.

'다카시마 씨도 자랑스러우시겠어요!'

－네. 저도 매우 기쁩니다.

'애제자의 활약을 축하드립니다.'

–고맙습니다. 그 녀석이 아주 열심히 했답니다.

'오랜만이야! 스나가와 료는 네 어시스턴트였던 녀석이지? 울트라 만화대상이라니? TV에서 뉴스 보고 깜짝 놀랐어~. 축하해!'

–맞아. 나도 깜짝 놀랐어~ 고마워!

후유. 휴대전화를 일단 책상 위에 두고 나는 안약에 손을 뻗었다.

마흔여덟. 노안까지 시작돼 작은 글씨는 도무지 읽기 힘들다. 눈을 문지른 탓인지 안구건조증도 생겨서 가끔 수분을 보충해야만 한다.

딩동 알림 소리가 난다. 또 문자가 왔다.

휴대전화 화면을 보니 입이 험한 동종업계 친구다. 안약을 좌우에 넣은 채 오른손으로 문자를 열었다.

'푸른색은 쪽에서 나왔으나 쪽빛보다 더 푸르다! 당신도 제자를 본받아 좀 더 열심히 하라고!'

"시끄러워!" 하고 소리 내어 말하다가 웃었다. 웃는다.

웃고 있는데.

왜 그런지 눈물이 나온다. 안약 따위는 필요 없었다.

마감 고비를 무사히 넘긴 후 오랜만에 수염을 깎고 외출했다.

《DPA》라는 남성용 정보지의 취재 의뢰다. 사진 촬영도 있대서 최근에 산 헌팅캡도 썼다. 외모도 패션 감각도 전혀 자신이 없다. 이런 거라도 몸에 걸쳐야 그런대로 볼만하다.

지난달, 전 어시스턴트였던 스나가와 료가 '울트라 만화대상'을 받았다.

만화계에서는 꽤 주목받는 상이다. 1년에 한 번 서점 점원들과 관계자들이 '추천하고 싶은 가장 재미있는 만화'를 뽑고, 그 안에서 또 투표해 순위를 정한다. 순위권에 오르면 지명도가 쑥 올라가기 때문에 출판사와 만화가들도 발표 시기가 되면 들썩들썩한다.

게다가 그 작품은 두 달 전에 《이 만화가 온다!》라는 특집 잡지에서도 최우수상을 받았다. 울트라 만화대상 수상의 낭보에 곧장 대대적으로 중판을 찍었고 띠지에는 '대상 수상!', '최우수상 수상!'이라는 글자가 춤을 춘다. 데뷔한 지 3년, 스나가와의 기세는 멈출 줄 몰랐다.

《블랙 맨홀》

이런 제목을 가진 스나가와의 만화는 통칭 '블랙맨'이라고 불린다.

하수도관에 사는 몬스터 이야기다. 기묘하면서 세련되고 조금 무서운데 웃기기도 하고……. 어쨌든 재미있다. 인간의 어리석음과 예지력, 사랑과 긴장이 절묘하게 균형을 이루어 그려졌다.

하수도 구조도 알기 쉽게 설명돼 있어 교육 현장이나 환경 문제를 다루는 세미나 같은 데서 자료로 사용하고 싶다는 요청도 자주 받는다고 들었다. 엔터테인먼트적으로나 사회적으로 높게 평가받는 작품이다.

수상식 기자 회견이 TV 뉴스와 예능 프로그램에서 방영된 뒤 스나가와에게 취재 의뢰가 끊임없이 쇄도한다고 한다. 당연하다. 그때까지 거의 얼굴이 공개되지 않았던, 스나가와의 모델 수준 외모가 지상파를 통해 화면에 나갔으니 언론이 달려들 수밖에 없다. 더욱이 이제 26세인 청년이다. 저 멋진 만화를 그리는 남자가, 또 이렇게 잘생겼다니. 이건 화제성이 걸어 다니는 모양새다.

그러나 스나가와는 표면에 나서는 걸 좋아하지 않았다. 담당 편집자가 '저자의 메시지' 형식으로 소개하는 게 대부분이라서 똑같은 영상이나 사진만 계속 사용했다.

그런 와중에 《DPA》는 '스승 다카시마 츠루기와의 대담'이라는 인터뷰를 기획했고, 스나가와는 그렇다면 하겠다고 했단다.

스나가와는 기본적으로 말이 없고 무표정에 반응도 거의 없어서 도대체 무슨 생각을 하는지 좀처럼 이해하기 어렵다.

하지만 물론 나쁜 녀석은 아니다. 내가 할 수 있는 한 이끌어주고 싶은 녀석이다.

대담 장소는 '카도르'라는 카페로, 나는 전철을 타고 가까운 역에서 내려 카페까지 걸어갔다. 인적이 드문 주택가에서 조금 헤맸다. 지도를 보고 이정표로 삼은 약국 간판이 너무 오래된 것이라 글씨가 희미해진 탓에 그냥 지나쳐버린 탓이다.

카페 문을 열자 딸랑딸랑 고풍스러운 종소리가 난다.

조도가 낮은 복고풍 카페였는데, 바 자리 안쪽에 있는 턱수염이 풍성한 카페 주인장인 듯한 남자와 눈이 마주쳤다.

"어서 오세요."

하얀 앞치마 차림의 여성 종업원이 어둠 속에서 불쑥 나타났다. 깜짝 놀라 나도 모르게 뒷걸음질을 쳤다. 이목구비는 반듯한데 표정이 딱딱하게 굳어 있고 젊지는 않았다. 파마가 풀린 머리카락을 뒤에서 하나로 묶었다.

"어…… 저기, 다카시마 츠루기입니다. 《DPA》의 인터뷰 건으로 왔습니다."

내 말을 들은 여성 종업원은 굳은 표정 그대로 고개를 끄덕였다.

"알고 있습니다. 편한 자리에서 기다려주시면 됩니다."

내가 1등이군. 손목시계를 보니 약속 시간 10분 전이다.

카페는 아담하고 좌석은 얼추 열다섯 석 정도다. 원래 손님이 많이 없는 카페인지 구석 테이블 자리에 대학생으로 보이는 연인 한 쌍뿐이다.

나는 우선 바 자리의 한쪽 끝에 앉았다.

턱수염 주인장이 "뭐로 드릴까요?"라고 묻는다. 종업원과는 달리 상냥하다.

"아……. 다 오면 주문하지요."

주인장은 "그러시죠"라며 나를 내버려두고 컵을 닦기 시작한다.

턱수염에 얼굴이 묻혀 좀 나이 들어 보였는데 가까이서 보니 나보다 조금 아래인 듯했다. 마흔을 좀 넘었나. 종업원도 엇비슷해 보인다. 종업원은 내 반대편 바 끝자리에 앉아 난감한 얼굴로 장부에 뭔가를 기입하고 있다.

저기, 저는요, 다카시마 츠루기라는 만화가입니다만.《상점가의 온더록스》라는 그럭저럭 팔리고 있는 시리즈 작가입니다. 아, 두 분 다 만화는 안 보시나? 그럼 5년 전에 〈잠자리 13호〉라는 작품이 TV 드라마로 방영된 적도 있습니다만. 텔레비전도 안 보시려나. 그건 한 회짜리였고 두 시간 방영이었는데.

다카시마 츠루기라는 만화가에게는 전혀 흥미가 없어 보이는 직원들 옆에서 나는 카페 안을 죽 둘러보았다.

클래식한 피아노곡이 흐르고 벽에는 많은 그림이 걸려 있다. 작은 그림부터 큰 그림까지. 그림의 장르는 다양하고 두서가 없는데 신기하게도 그게 오히려 통일감을 준다. 혼잡한 거리에 다양한 인간이 오가는 것처럼 하나만 다른 것이 아니라 전부 다르기 때문일지도 모른다.

"그림이 많군요. 꼭 갤러리 같네요. 파는 건가요?"

별 뜻 없이 묻자 카페 주인은 "아뇨"라며 옆으로 고개를 크게 흔들었다.

"제가 좋아하는 그림을 모았을 뿐이에요. 미술상 같은 야만적인 일은 안 한답니다."

재미있는 말을 한다는 생각에 흥미가 생겼다.

"미술상이 야만적입니까?"

"그림의 가치에 가격을 매기고 또 그 가격이 시시각각 달라지는데 야만이 아니고 뭡니까? 도대체 누가 그걸 판단할 수 있습니까? 그림은 지극히 개인적인 건데 그리지도 않는 남들이 숫자로 측정할 수 있는 것이 아니지 않습니까."

"……그렇군요."

잠깐 방심했다.

안다. 잘 압니다, 턱수염 주인장.

만화 또한 그렇다. 작품 수준은 각자 느끼는 것이지 다른 누군가로부터 순위가 매겨지는 게 아니다.

나는 바 끝자리에 있는 종업원에게 말을 걸었다.

"사장님이 참 멋지십니다."

종업원은 힐끔 나를 본 뒤 다시 장부로 얼굴을 돌렸다.

"글쎄요. 저는 카페에서 음료수 파는 거랑 화랑에서 그림 파는 거랑 뭐가 어떻게 다른지 모르겠네요. 가격이 붙어 있지 않으면 판매할 수 없잖아요. 화가에게도 생활이 있고요. 사실 여기에 있는 그림도 대부분 돈을 주고 사 모은 거 아닌가요."

······심사가 뒤틀렸군. 서로 사이도 나쁘고.

주인장은 자주 그런 말을 들어 익숙한지 묵묵히 유리잔만 닦았다.

그러나 나는 주인장을 안쓰럽게 생각하면서도 종업원의 말도 이해할 수 있다.

가격과 순위 따위 매길 수 없다는, 그림을 사랑하는 순수한 마음은 공감한다. 그런 한편으로 역시 돈이 움직이지 않으면 살아갈 수 없는 것도 사실이다. 팔리지 않으면 사람들에게 알려지지 않고 다음 작품을 낼 수도 없다.

어려운 문제야······.

모자를 고쳐 쓰고 있는데 종소리가 났다.

"이거, 기다리시게 해서 죄송합니다."

문에서 폴로셔츠 차림의 젊은 남자가 들어온다. 남자는 나를 보자 미안한 얼굴로 달려온다. 《DPA》의 기자일 것이다. 바로 뒤를 따라 카메라를 짊어진 비슷한 또래의 남자도 모습을 보인다.

"저는 《DPA》 편집부의 노기라고 합니다. 오늘 잘 부탁드립니다."

노기라고 소개한 그 기자는 명함을 내밀고 고개를 숙여 인사했다. 동글동글한 눈에 귀여운 얼굴인데 코 아래로 약간 수염을 길렀다. 뭐야, 수염이 유행이었어. 나도 깎지 말 걸 그랬나.

"바쁘신데도 대담에 응해주셔서 감사드립니다."

젊은데도 정중하게 인사를 제대로 한다. "아니, 아닙니다"라며 손사래를 치면서도 조금 기분이 좋아졌다. 그래, 그래, 이거지. 나를 바쁜 만화가로 대우해주니 고맙다.

그때 또 종소리가 울린다. 스나가와다.

우리가 바 쪽에 모여 있는 걸 알아차리고 말없이 천천히 걸어온다.

"어이, 오랜만이다."

내가 먼저 말을 걸자 녀석은 고개를 살짝 숙였다.

그래, 오랜만이다. 3개월 만인가? 출판사가 주최한 파티에서 잠깐 만난 것이 마지막이었던가. 스나가와는 익숙하지 않은 분위기여서인지 바로 돌아갔지만.

조금 여위었는데 여전히 잘생겼다. 평범한 티셔츠에 청바지를 입었는데도 그럴싸하다. 가는 허리둘레는 내 반밖에 안 될 것 같다. 왁스로 반쯤 젖은 것 같은 머리카락도 꾸미지 않은 느낌이 나서 스타일리스트라도 고용했나 싶을 정도다. 패션지가 커버 사진까지 의뢰했다는 게 이해된다. 녀석은 단칼에 거절한 모양이지만.

고개를 숙이면서 스나가와가 말한다.

"늦어서 죄송합니다. 택시 기사가 길을 헤매는 바람에요."

"아, 그래. 좀 찾기 힘들더라고. 괜찮아, 우리도 지금 막 왔어."

노기가 가까이 와서 다시 예의 바르게 스나가와에게 명함을 건넨다. "울트라 만화대상 수상 축하드립니다" 하고 축하 인사를 하는 것도 잊지 않았다.

스나가와는 도대체 몇 번이나 이 말을 들었을까. "고맙습니다"라고 대답하는 목소리가 가냘프다.

노기가 우리에게 부드럽게 미소를 지으면 말했다.

"실례지만 이제 두 분 저쪽 자리로 가실까요?"

노기는 우리를 안쪽 벽 옆에 있는 널찍하고 둥근 테이블로 안내했다.

조금 비스듬하게 놓여 마주 보도록 해놓은 두 개의 의자. 그 사이 벽에는 수채화 한 점이 걸려 있다.

의자에 앉기 전에 나는 벽에 걸린 그림을 보았다.

긴 머리 여자의 초상화다. 빨강과 파랑 물감만 사용해서 그렸는데 머리카락의 음영이 보라색 그러데이션으로 되어 있다. 사르륵 흘러내리는 머리카락 표현이 훌륭했다. 빨간 옷, 가슴팍에는 파란 새 브로치.

여자는 정면이 아닌 다른 쪽을 보고 글썽이는 눈을 하고 있는데 슬픈 건지 기쁜 건지, 어느 쪽이라고도 할 수 있는 표정이다.

자세히 보니 박을 입힌 가는 액자 틀에는 날개 무늬가 새겨져 있다. 만듦새가 정교하다. 차분한 색감인데도 어딘가 온기가 있어서 이 그림에 딱 맞는 느낌이 든다.

액자 아래에는 작은 팻말이 있고 글씨가 쓰여 있다.

제목은 〈에스키스〉. 작가명은 잭 잭슨.

재미있는 이름이군. 기억하기 쉽다는 건 중요하다. 나도 깊이 생각해서 지은 필명이다. 스나가와는 데뷔할 때 본명을 그대로 사용한다고 해서 임팩트가 필요하다고 충고했건만, 그런 건 필요 없다고 한마디로 일축했다. 예능감이 없다.

"아, 잭 잭슨이다!"

내 옆에서 노기가 외쳤다.

"아나? 유명한 작가인가?"

내가 묻자 노기는 눈을 반짝인다.

"호주 화가인데 최근 일본에서도 인기가 있답니다. 포근하고 부드러운 분위기인데도 산뜻한 예리함이 살아 있거든요. 그 균형감이 좋더라고요. 지난달에도 도쿄에서 개인전이 열려서 취재하러 갔답니다."

"오호. 젊은 작가인가?"

"지금 마흔입니다. 여기에는 제작 연도가 없지만 이건 아마 초기 작품인 것 같네요. 꽤 가치 있는 작품일지도 몰라요."

주인장에게 물어볼까 하고 바 쪽을 보니 주인장은 마침 누군가와 통화 중이었다. 나는 다시 그림을 지긋이 본다.

"에스키스라는 게 이 여자의 이름인가?"

내 중얼거림에 노기는 고개를 갸웃거렸다.

"근데 서양인 같지는 않네요. 일본인인가?"

"그럼 스몰의 에스를 써서 작은 키스인가?"

내가 말장난했더니 노기가 "아하하하" 웃으며 경쾌하게 받아주었다. 그런데 이미 의자에 앉은 스나가와는 무뚝뚝한 얼굴로 그림을 보며 말한다.

"아닙니다."

······농담이야, 스나가와. 나도 아닌 거 알아.

내가 멋쩍은 웃음을 지으며 의자에 앉자 스나가와는 띄엄띄엄 말했다.

"에스키스는 초벌 그림입니다. 먼저 이미지를 그리고 그걸 토대로 다시 새롭게 실제 그림을 그리는 겁니다."

녀석은 박학다식해서 다양한 장르에 정통하다. 정말이지 끝까지 멋있다. 나는 스나가와의 말을 듣고 물었다.

"그럼 만화의 콘티 같은 건가?"

"뭐, 그런 셈입니다."

체감적으로는 이때가 가장 재미있다. 머릿속에 있는 이미지가 손을 통해 막 분출해 나와 종이 위에서 춤추기 시작하는 때. 누가 이렇게 하고 저렇게 하고, 이렇게 말하고, 이런 구도에서, 저런 장면 전개로. 수정을 몇 번이나 해도 되니 실수해도 상관없다. 자유롭게 연필을 놀리면서 엄청난 대작을 그리고 있다고 생각한다. 그런 뒤에는 담당 편집자한테서 오케이가 떨어질까 말까 걱정하며 애태우지만.

나는 고개를 갸웃거렸다.

"그렇다면, 이건 말하자면 콘티를 내걸었다는 건가?"

"글쎄요. 아니면 〈에스키스〉라는 제목의 본 그림일지도 모르죠."

예술은 어디까지가 완성이란 것이 없으니까. 그건 잭 잭슨에게 물어보지 않으면 알 수 없다.

그때 노기가 불렀는지 종업원이 주문받으러 왔다. 받은 메뉴판을 열고 나는 음료 면을 본다.

"아, 난 토마토 주스."

옆에서 메뉴판을 보던 스나가와도 잠시 생각한 뒤에 작은 목소리로 주문했다.

"버터플라이피(Butterfly Pea) 차요."

나도 모르게 다시 한번 메뉴판으로 고개를 돌렸다. 버터플라이피? 잘 모르지만 마시는 것도 세련됐다.

그때 다른 테이블에서 기재를 준비하던 사진기자가 "노기, 잠시만" 하고 불렀다. 노기가 사진기자 쪽으로 뛰어간다.

둘이서 뭔가 의논하는 것을 멀찍이 보면서 기다리고 있으니 가게 구석에 있던 커플이 바로 옆까지 다가왔다.

"저기, 실례합니다."

남자 쪽이 붉어진 얼굴로 나에게 말을 걸어온다.

어라, 뭐야, 내 팬인가? 내가 만면에 미소를 보낸 순간 남자가 이렇게 말했다.

"매니저이신가요?"

"네?"

"저흰 스나가와 료 씨 팬인데요. 사인 좀 받을 수 있을까 해서요."

"……예."

여자는 남자 뒤쪽에 종이와 펜을 들고 서 있다. 갑자기 유명인이 나타나자 가방 안에 있는 종이를 꺼내온 것이리라.

스나가와는 여전히 무표정인 채 얼굴을 조금 들었다.

팬이라는 커플에 대한 서비스 정신과 스나가와보다 윗사람임을 과시하고 싶어 나는 일부러 경박한 말투로 말했다.

"아이고, 고맙기도 해라. 자, 스나가와. 사인, 사인. 기분 좋지."

내가 여자에게 종이와 펜을 받아 스나가와의 앞에 두니 녀석은 종이에 주르륵 본인의 이름을 썼다. 가지고 있는 물건에 이름을 쓰듯이.

사인은 좀 더 뭔가 장난기가 있어도 좋겠구먼. 나는 데뷔가 결정되고 나서 몇 가지 형태를 생각했었다. 칼 그림*을 넣거나 하면서 말이다.

스나가와에게 사인을 받아든 커플은 "고맙습니다!"라고 말한 뒤 눈을 반짝이며 사라졌다. "우와, 대박!" 하고 흥분한 여자의 목소리가 들린다.

저 사람들, 만화가가 다들 매니저가 있다고 생각하나, 아니면 스나가와를 이제 연예인처럼 생각하는 건가.

이런저런 생각에 빠져 있을 때 노기가 "기다리게 해서 죄송합니다!"라며 돌아왔다. 종업원도 마침 음료가 담긴 트레이를 들고 온다.

토마토 주스와 ……버터플라이피.

스나가와 앞에 놓인 유리잔에는 파란 잉크를 타놓은 듯한

---

* '츠루기'는 일본어로 '검'을 뜻한다.

선명한 코발트블루가 들어 있다. 뜨거운지 김이 올라온다.

"대단한 색인데, 이거 마실 수 있는 건가? 버터플라이피라는 건 뭐야?"

"……차입니다."

그 이상은 말하지 않는 스나가와 대신 노기가 말했다.

"그렇게 이상한 건 아닙니다. 콩과 식물의 꽃을 사용한 허브 차*인데 눈의 피로에 좋답니다. 꽃이 나비 모양이고 색은 약간 보라색인데 추출하면 이렇게 예쁜 파란색이 나오고요."

푸른색은 쪽에서 나왔으나 쪽빛보다 더 푸르다!

그 말이 떠올라 나는 고개를 흔들었다. 청출어람. 제자가 스승을 뛰어넘는다는 잔혹한 속담. 노기가 녹음기를 설정하고 대담이 시작됐다.

각각의 간단한 프로필을 확인한 후 노기가 내게 묻는다.

"다카시마 선생님이 데뷔한 만화 잡지는 영성사의 《루카스》지요. 역시 신인상이 계기였나요?"

왔다! 입술을 문지르며 이야기할 자세를 취했다. 여러 곳에서 몇 번이나 말한 '데뷔 비화'.

"아니, 아니, 달라. 영성사에 만화를 들고 갔는데 너무 긴장한 나머지 배가 아파 화장실로 뛰어 들어갔지. 내보낼 만큼 보낸 뒤에 후유 하고 겨우 진정이 되었을 때쯤 옆 칸에서

---

* 한국에서는 버터플라이피 꽃의 안전성이 입증되지 않아 식품으로 사용할 수 없다.

벽을 쿵쿵 치는 소리가 나는 거야.

문이 아니라 벽을 치다니? 하며 놀라고 있는데 '저기, 옆에 사람 있소?' 하는 절박한 아저씨 목소리가 들려와. '있어요!'라고 했더니 '미안한데 휴지 좀 던져줘요!'라는 거야.

그래서 서둘러 롤 채로 옆 칸에 던져줬지. 화장실에서 나와 손을 씻고 있으니 그 아저씨도 편안해진 얼굴로 나와서 '덕분에 살았소, 고맙소'라면서 만화 원고가 들어 있는 내 손의 봉투를 슬쩍 보는 거야. '원고 투고?'라면서.

원고를 봐주기로 약속한 건 다른 편집자였는데 그 아저씨가 '잠깐 볼 수 있을까?'라며 물었어. 그리고 그곳에서 대충 보더라고.

그러더니 '잘됐군. 마침 《루카스》 다음 호 단편 원고를 펑크 낸 신인이 있는데'라지 뭐야. 그 땜빵으로 데뷔가 결정된 거지. 헐? 갑자기? 이 아저씨에게 그런 권한이 있나? 하고 깜짝 놀랐어. 몰래카메라인 줄 알았다니까."

"와우, 빠른 데뷔였네요!"

"……그 아저씨가 실은 편집국장이었던 거야. 난 엄청난 행운아인 거지. 운으로 여기까지 왔으니. 자, 운이 좋은 이야기였습니다. 여기까지."

테이블에 두 손을 짚고 머리를 꾸벅 숙였다. 익살스럽게 말하고 마무리 짓는다. 노기도 사진기자도 웃고 있다.

"아니, 화장실에는 신이 있다더니 진짜 있더라고. 종이신※
이지만."

오늘은 듣는 사람들 반응이 좋아서 좀 더 덧붙였는데 그건
가볍게 넘어간다. 노기는 스나가와에게 얼굴을 돌린다.

"스나가와 씨와 다카시마 선생님의 만남은 어땠나요?"

나의 데뷔 이야기는 이제 끝난 듯한데 뭐, 됐다. 오늘은 스
나가와가 주인공이니까.

스나가와는 "음……" 하고 입을 삐죽였지만 말이 잘 나오
지 않은 듯하다. 그래서 우선 실마리를 잡아주려고 내가 끼
어들었다.

"3년 전이었지 아마, 내 어시스턴트 중 한 명이 갑자기 그
만두며 직업 없이 빌빌대는 친구가 한 명 있다고 소개해서,
후임이 정해질 때까지만 우선 나오라고 했는데 그게 바로 스
나가와였지."

내가 스나가와의 이야기를 터주자 녀석은 아주 살짝 고개
를 끄덕였다. 어이, 이렇게까지 이어놓았으니 뭐라고 말 좀
해봐. 그렇게 생각하고 상황을 보았지만 녀석은 그럴 생각이
전혀 없어 보였다.

하는 수 없이 내가 다시 이야기를 이어갔다.

"대학에서 미술 성적이 쭉 1등이었다고 들어서 며칠이나

※ 일본어로 종이도 '카미紙', 신도 '카미神'라고 한다. 음독이 같아서 하는 말놀이.

해칭 정도라면 할 수 있겠거니 했지. 처음에는 그랬는데."

맨 처음은 그랬다.

엄청난 재능이 있다는 걸 알아차린 건 바로 그날 퇴근 때였다.

스나가와는 좀 이름이 알려진 대학을 나온 뒤 대형 광고 회사에 취직했다. 그러나 그 광고 회사는 두 달 만에 그만두고 다른 회사는커녕 아르바이트도 안 구하고 집에만 있었다고 한다.

어시스턴트 경험도 없다고 해서 우선 지우개질과 먹칠부터 시킨 첫날, 돌아갈 때 스나가와는 내가 책상 위에 늘어놓은 콘티를 보고 불쑥 질문했다.

"이렇게 해서 만드는 거군요."

"자네도 해보겠나?"

부담 없이 한 말이었다. 골판지 상자 세 개에 빽빽하게 넣어둔, 여태까지 그린 콘티 중에 마음에 드는 걸 봐도 된다고 말하고 펼쳤다. 작품을 투고하던 시절부터 데뷔 후에 까인 것까지 들어 있어서 양이 상당했다.

더블 클립으로 고정한 콘티 하나를 손에 들고 스나가와가 물었다.

"전부 가지고 계신 겁니까?"

"응……. 작품이 완성되면 필요 없는데도 말이야. 나는 콘

126

티야말로 혼이 깃든 느낌이 들어서 하나도 못 버리겠어."

스나가와는 내 말에 아무런 답변도 하지 않고 진지한 표정으로 여러 개의 콘티를 살펴보고 있었다. 관심이 생겼나 싶어 콘티 그리는 포인트를 가르쳐주었다. 하지만 잠깐이었다. 그런데 스나가와는 어느새 요령을 파악하고 깜짝 놀랄 만한 것을 다음 날 완성해왔다.

두근거렸다. 사랑에 빠진 줄 알았다.

그러나 사랑과는 조금 달랐다. 비범한 걸 만났을 때의 흥분감이었다. 내가 펜선 작업을 첫걸음부터 가르치긴 했지만 그런 건 중요한 것이 아니다. 어쨌든 녀석은 엄청나게 감이 좋았다.

그렇게 해서 스나가와는 곧 열여섯 매짜리 만화 원고 한 편을 그렸고 나는 그걸 읽고 울었다.

이건 세상에 꼭 나와야만 한다. 사명감에 사로잡혀 담당 편집자에게 말했다.

담당 편집자도 원고를 읽고 신음했다. 바로 '루카스 신인상' 응모함에 넣어둔다고 한 뒤 멋지게 입선. 데뷔에 이른 것이다. 놀랍게도 첫 펜선 작업을 한 지 하루 만에. 괴물이다.

노기가 또 스나가와의 얼굴을 본다.

"스나가와 씨는 그때까지 만화를 그린 경험이 없었나요?"

"……예. 하지만 회사에 근무하기보다 이렇게 만화를 그리는 편이 저에게는 맞는 것 같아요."

드디어 제대로 말을 했다. 더듬거리긴 하지만 스나가와가 직접 발언해서 마음이 놓였다.

데뷔한 뒤로도 한동안 스나가와는 내 어시스턴트를 하러 왔다. 일주일에 두 번이면 된다고 하는데도 거의 날마다 온 듯하다. 그리고 언제 그렸는지 두 번째 작품으로 느닷없이 연재를 시작하더니 그때부터 독립했다. 그게 만화대상을 받은 《블랙 맨홀》이다. 이제 녀석도 어시스턴트를 두는 몸이 되었다.

노기가 나에게 호의적인 웃음을 보낸다.

"다카시마 선생님이 스나가와 씨의 재능을 발굴한 거네요. 대단합니다."

"그런 셈이지."

나는 의기양양하게 토마토 주스를 마신다. 노기는 메모하면서 이어 말했다.

"다카시마 선생님의 대표작은 뭐니 뭐니 해도 상점가를 무대로 삼고 바텐더가 주인공인 《상점가의 온더록스》인데요, 서민들의 삶을 그리는 드라마가 많은 다카시마 선생님과는 작풍이나 터치가 다르다는 점이 또한 재미있네요."

"그렇지. 그런 점이 좋아. 하지만 스나가와도 서민들의 생활을 그리고 있어. 어쨌든 하수도는 말이지. 누구나 살면서 꼭 필요한 곳이야. 그곳에 주목했구나! 하고 감동했네. 똑같은 경치라도 내가 보는 것과 이 녀석이 보는 것은 다르니까.”

그게 범인과 천재의 차이겠지. 그런 말도 떠올랐으나 그렇게까지 말하면 너무 자학적인가 싶어 그냥 마음속에만 담아 두었다.

한동안 ‘블랙맨’ 이야기가 이어졌다. 노기가 질문하고 내가 대강 답하고 스나가와가 조금씩 보충해간다. 30분 정도 이야기하고 마지막으로 사진 촬영을 하기로 했다.

스나가와가 노기를 보며 물었다.

“이거 컬러입니까?”

지금까지와는 다르게 분명한 말투여서 놀랐다.

“예, 컬러 사진으로 게재될 겁니다.”

노기가 대답하자 스나가와는 한층 더 목소리를 높인다.

“그럼 《블랙 맨홀》 소개도 컬러로 실리겠네요. 될 수 있으면 표지를 크게 실어주세요.”

물론이라고 하면서 노기가 고개를 끄덕인다. 스나가와의 갑작스러운 적극성을 의외라고 생각하면서 나는 모자를 고쳐 쓴다. 오호라, 저런 말도 할 줄 아는군.

사진 촬영이 시작되었다. 사진기자의 지시를 잘 따르다 보니 나는 어느새 싱글벙글 웃고 있었는데 스나가와는 꿈쩍도 하지 않았다. 그게 또한 권태로운 분위기를 자아낸다.

"그럼 원고는 다시 메일로 보내겠습니다. 계산은 저희가 이미 했으니 천천히 말씀 더 나누세요."

노기는 물 흐르듯이 그렇게 말하고 사진기자와 함께 카페를 나갔다. 그렇게 되니 나와 스나가와는 자리에서 바로 일어날 수가 없었다.

커플들은 벌써 나갔고 달리 손님도 오지 않아 바 주변의 주인장과 종업원도 조용했다. 피아노 음색만이 조용히 흐르는 카페 안에서 나와 스나가와는 덩그러니 방치된 듯 좀 어색해졌다.

스나가와는 말없이 테이블 위에서 손을 깍지 끼고 있었다. 나는 대화의 물꼬를 트려고 말을 꺼낸다.

"이런 인터뷰, 좀 더 많이 하면 좋지 않겠나."

스나가와는 희미하게 고개를 갸웃거린다. '싫습니다'의 표시겠지.

방송에도 더 많이 나왔으면 좋겠는데. 모처럼 사람들이 찾아주는데, 모처럼 더 유명해질 기회인데.

나는 잡지나 방송 인터뷰를 거절한 적이 없다. 온라인 매장 카탈로그 의뢰가 왔을 때는 나도 모르게 브이 포즈를 취할 정도로 기뻤다. 만화를 그리는 게 아니라 내가 광고에 출연하는 일이었다.

베개를 베고 '푹 잘 수 있게 되었어요'라며 만족해하는 사진이 실려서 나도 유명인이 되었구나, 세상 사람들로부터 드디어 인정받는구나 싶어 기분이 좋았다.

내가 스나가와만큼 얼굴이 좋았다면 최대한으로 활용할 텐데, 아까울 따름이다. 트위터 계정도 내가 몇 번이나 재촉해서 개설한 것이 반년 전이다. 지금은 팔로워 수가 10만을 넘었는데도 출판사 계정에서 퍼온 정보를 리트윗할 뿐이고, 스나가와는 중요한 것을 올리지 않는다.

반면 나는 필사적이다. 만화, 제작 과정, 인기가 있을 만한 영화의 리뷰, 길고양이, 맛있는 음식 등의 사진을 올려 겨우 팔로워가 1만에 도달한 정도다. '좋아요'를 쉰 개만 받아도 좋겠다. 스나가와는 아주 가끔 '이제 잘 거야'를 올릴 뿐인데도 '좋아요'가 네 자리 숫자가 된다.

"트위터도 더 잘 이용하면 좋지 않나."

"……그냥. 귀찮아서."

그래, 분명 그럴 테지. 저격 글이 올라오거나 의미를 알 수 없는 댓글이 오는 건 귀찮지.

나도 나 자신을 검색할 때마다 조마조마하고 두근두근한다. 그래도 하지 않을 수 없다. 어떻게 생각하는지 알고 싶은 걸. 칭찬하는 글을 보면 엄청 힘이 난다. 그래서 벌벌 떨면서 모험이라도 하는 기분으로 내 이름과 작품 제목을 입력한다.

"좋은 방법이 있네. 내가 깨달은 건데 자기 이름을 검색할 때, 다카시마 츠루기가 아니라 '다카시마 츠루기 씨'나 '다카시마 츠루기 작가님'으로 검색하면 우선 나쁜 글은 잘 안 나온다네. 정보량은 압도적으로 줄지만 그만큼 상처받을 위험도 많이 줄지."

"아니, 상관없습니다. 인터넷의 개인적인 평가 같은 건 안 봅니다."

스나가와는 컵에 입을 댔다.

녀석은 이미 불쾌한 경험을 했을지도 모른다. 그야 그렇겠지. 인기인에게는 팬과 안티가 세트처럼 따라다니니.

프로가 된다는 건 그런 거다. 공공연히 눈에 띄는 인터넷 게시판에서 어디의 누군지도 모르는 녀석들이 악의에 찬 말을 하거나, 변변히 읽지도 않은 주제에 아는 것처럼 시비를 걸거나, 작품과는 전혀 관계없는 것을 이것저것 캐묻곤 한다. 그리고 그것이 제멋대로 퍼져나간다. 무책임하게, 끝도 없이.

상상만 해도 우울하지만 그래도 그런 걱정 없이 투고만 하던 시절로 돌아가고 싶으냐고 물으면 나는 절~대 돌아가고 싶지 않다고 답할 것이다. 이런 것을 다 알면서 전부 받아들일 각오로 나는 만화가가 되기를 원한 것이다.

나는 스나가와를 보고 힘주어 말했다.

"잘 듣게. 자네가 앞으로 아무리 훌륭한 작품을 그려도 좀스럽게 구는 녀석은 반드시 있어. 반드시 말이야. 시시하다고, 생각 없이 쉽게 그리 평가하는 녀석들에게 휘둘리면 오히려 진짜로 시시한 작품밖에 그릴 수 없어. 그러니 그런 사람들은 신경 쓰지 말게."

스나가와의 눈꺼풀이 잠깐 떨렸다.

그리고 나를 본다.

"딱히 신경 쓰지는 않습니다. 자기가 좋다고 판단해서 읽어주는 독자만 있는 게 아니며, 상을 받았다는 이유로 읽는 사람들이 늘어나면 별로라는 말이 나오는 것도 당연하고, 그런 감상이 인터넷에서 돌아다니는 것도 예상합니다."

띵하고 머리 뒤쪽으로 둔통이 스친다.

뭐라고 갑자기 지껄이나 했더니, 건방지게.

이제야 알았다. 왜 나와 대담하는 거면 인터뷰하겠다고 했는지.

이 녀석, 이제 나를 훨씬 뛰어넘었다는 걸 보여주고 싶었던 거로군. 잡지 대담에서 그걸 드러내 나를 망신 주고 싶었던 거다.

시커먼 연기가 마음속에서 뭉게뭉게 피어올라 나는 토마토 주스를 쭉 들이켰다. 걸쭉하면서 불그스름하고 시큼달큼한 이 주스는 정말로 인간적인 음료다.

반면에 파랗고 투명한 액체를 우아하게 몸으로 집어넣는 스나가와는 진짜 생명체인지 의심스러울 정도로 기계적이고 냉정하다.

기계. 그렇군. 처음부터 그랬어. 완벽한 모습으로 실수도 없고 감정도 없지.

"역시 울트라 만화대상 작가답군."

나도 모르게 그런 말이 입에서 나왔고, 스스로 말해놓고도 가슴이 철렁했다.

쾌활한 척 가장하려 했다. 그런데 선인장처럼 가시가 있다는 걸 깨달았다. 볼품없는 몸에서 튀어나온, 제 몸을 보호하기 위한 작은 침.

그러나 스나가와는 전혀 흔들리지 않는 태도로 담담히 말했다.

"상을 받은 것은 작품입니다. 제가 아니고요."

"……아."

"제가 아닙니다. '블랙맨'이 사람들에게 사랑받고 있는 겁니다."

두 번이나 말했다. '제가 아닙니다'라고.

몸 안 깊은 곳에서 캉 하고 금속음이 울리는 것처럼 몸이 떨렸다. 잠들었던 것을 깨우는 느낌이었다.

좀 전에 스나가와가 유일하게 적극적으로 노기에게 했던 언동이 떠올랐다. 사진이 컬러인지 확인하면서 '블랙맨'의 표지를 크게 다루어달라던.

……그런 거였군.

스나가와는 자신이 주목받는 일은 전혀 원하지 않는다. 작품이 전부다. 인터뷰에서《블랙 맨홀》을 잘 홍보하는 것이 가장 중요한 일이다. 그런데 자신은 말을 잘 못하니까 내가 함께하면 술술 말해줄 거라 생각했겠지. 맞다, 나는 내가 돋보이는 일이라면 뭐든 해왔다. 오늘도 스나가와에게 편승해 내가 거론되길 바랐음은 부정할 수 없다.

갑자기 수치스러워졌다. 내가 품은 역겨운 자기 과시욕.

인정받고 싶다, 떠받들어지고 싶다, 유명해져서 대단하다는 말을 듣고 싶다. 잘 팔려서 돈도 많이 벌고 싶고 여자들에게도 인기가 있었으면 좋겠다.

아아, 꼴불견이다. 정말로 나란 사람은 볼썽사납다. 모자를 벗고 머리를 쥐어뜯었다. 그러나 무장을 벗어던진 나는 훨씬 궁상스러워서 더 볼 수가 없다. 나는 단정하게 머리를 다듬고 모자를 다시 쓴다.

의자 등받이에 기대고 한숨을 쉬며 아무 생각 없이 벽으로 눈길을 돌렸는데, 〈에스키스〉의 여자가 그곳에 있었다.

초상화. 이건 본인과 얼마나 닮았을까.

"……가끔 생각하네만."

멍하니 스나가와에게 말을 걸었다.

"거울도 카메라도 없었던 옛날에는 자기 얼굴만 알지 못한 채 평생을 보냈겠지. 참 기가 막혔을 거야. 주변 사람들의 모습은 모두 다 보는데 잘생겼든 못생겼든 본인 얼굴만 평생을 모르니. 아마 이런 얼굴이겠거니 하고 상상하는 수밖에 없었겠지."

스나가와도 〈에스키스〉를 가만히 본다. 나는 이어 말했다.

"그런 시대 사람들은 그래서 그림을 그려 상대에게 얼굴을 알려주었을지 모르겠다는 생각이 들어. 만약 실물보다 잘생기게 그려주면 평생 그게 자신이라고 생각하며 살아가겠지. 그것도 행복할 거야."

반대도 마찬가지다. 못생기게 그려도 그게 나에게는 '나'다. 재능이 없다고 계속 평가받으면 정말로 그런 인생밖에 살 수 없는 것처럼.

그래서 칭찬받고 싶고, 인정받고 싶었는지도 모른다. 남들의 평가만 신경 썼던 것은 그래서인지도 모르겠다.

다른 사람은 분명하게 보이지만 자기 자신은 전혀 알 수 없다. 거울과 카메라가 있어도 그건 변함이 없다.

스나가와는 〈에스키스〉에서 눈을 떼고 컵에 손을 대면서 말한다.

"저는 딱히 평생 제 얼굴을 몰라도 상관없습니다."

"어? 정말인가?"

나도 모르게 큰 소리가 나왔다. 그런 인간이 있다니 진심으로 놀랐다.

물끄러미 스나가와를 바라본다. 이렇게 잘생긴 외모를 가지고서 아이러니하다.

"자네는 정말 스스로에게 흥미가 없군."

"선생님은 정말로 자기애가 강하십니다."

컥. 목에 뭔가가 걸렸다. 나는 반쯤 농담으로 받아넘겼다.

"평범한 사람들은 다들 바라는 대로 되고 싶어 하지."

"그렇군요, 평범한 거군요. 부럽네요."

스나가와는 태연하게 말했다.

"부러워? 뭐가 말인가?"

"저는 바라는 것이 없거든요. 딱히 만화가가 되고 싶었던 것도 아니었는데 가장 순조로웠던 일이 이거였습니다. 선생님처럼 강하게 바라던 꿈을 이룬 사람이 부럽습니다."

……뭐지, 이건? 얼마나 많은 만화가 지망생이 피를 토하는 심정으로 데뷔하고 싶어 하는데. 그리고 보니, 미술 성적이 쭉 1등이라고 말했는데 자세히 들어보니 모두 'A 플러스'였다. 스나가와, 참으로 대단한 녀석이구나.

다시 불끈불끈 분노가 치밀어 올라 싫은 소리를 한 마디 내뱉고 싶었는데 다음 순간 그 기세가 꺾였다. 스나가와가 나직이 이렇게 말했기 때문이다.

"저는 어떤 일에도 흥미가 없어서 한 가지 일을 계속할 수 없었습니다. 만화를 그리기 전까지는요."

스나가와의 미끈하고 허여멀건 얼굴을 보면서 나는 어쩐지 가슴이 저렸다. 이제야 깨달았다. 이 녀석에겐 오만함이 조금도 없다. 반대로 지나치게 솔직하다.

스나가와 입장에서 보자면 아마 뭐든지 잘하는 것은 자만도 교만도 아니고 오히려 콤플렉스였을 것이다. '평범함'을 부여받지 못한 천재만이 품고 있는 고뇌. 그렇게 생각하니 이제 질투도 나지 않았다.

나는 왜 만화가가 되고 싶었을까?

초등학교 무렵부터 공책이나 교과서 한 귀퉁이에 만화를 그렸다. 친구들에게 "잘 그리네"라거나 "더 그려봐"라는 말을 들으면 기뻐서 더 많이 그렸다.

스나가와, 나와 너는 다르단다. 시작부터 완전히 달랐다.

나는 대학교조차 다니지 못했다. 머리도 나쁘고 집도 가난했다. 대기업 취직 같은 건 동화 같은 이야기였다. 고등학교 때는 신문을 배달하면서 만화가가 되는 꿈을 꾸었다.

만화는 누구에게든 평등하게 그 세계를 통째로 준다. 공부도 못하고 운동 신경도 없고 신통한 것 하나 없이, 그냥 속절없이 만화만 좋아할 뿐인 나도 만화를 그리면 그 세상 어디라도 자유롭게 갈 수 있을 것 같았다.

나는 아무것도 가지고 있지 않았다. 만화밖에 없었다.

조금씩 그려서, 조금씩 투고했다. 원고를 들고 출판사를 몇 군데씩 돌았다. 서른이 될 때까지 온갖 아르바이트를 전전하면서 몇 년 동안이나 그랬다.

……저 '데뷔 비화'는 좀 과장했다.

그날 화장실에 가기 전, 들고 간 원고를 한 편집자에게 보여주었다.

내 앞에서 원고를 대충 넘겨 보던 그 편집자는 말을 심하게 했다. 이런 건 만화도 아니라는 둥 자기 시간을 낭비하지 말라는 둥 그런 지독한 말을 들었던 것 같다. 자기가 받은 스트레스를 나에게 해소하려는 게 아닌가 싶을 정도였다.

돌려받은 원고를 끌어안고 화장실에 가서 울었다.

제길. 제기랄. 이런 심한 말까지 들으면서 나는 왜 만화를 그리고 싶은 걸까?

왜냐하면 이야기가, 그림이, 태어났으니까.

다양한 녀석들이 자기들 맘대로 나타나서 떠들어댄다. 어떻게든 그들을 그리지 않을 수 없다. 내가 그리는 손을 멈추면 이 녀석들은 어떻게 되는 걸까.

그러니 삭제하지 않고 그려주려고 했다. 적어도 누군가 읽어만 준다면, 이 세계에 존재한다는 걸 알아만 준다면 생명을 이어갈 수 있다.

훌쩍이며 울고 있는데 누가 엄청난 기세와 함께 옆 칸으로 들이닥쳤다. 그리고 더욱 엄청난 기세로 큰일을 보는 소리가 들렸다.

그 덕분에 문득 정신이 들어 눈물이 멈췄고, 화장실 칸에서 나가기 전에 일단 물을 내렸다. 그러자 옆 칸에서 부르는 소리가 났다.

"저기, 거기 누구 있소?"

거기서부터는 늘 말한 '비화'대로지만 뒷부분이 다르다.

그 아저씨 목에 사원증이 걸려 있었다. 언뜻 보고 만화편집부 사람이란 걸 알았다. 국장인 것까지는 몰랐지만.

그래서 화장실 바닥에 무릎을 꿇고 원고가 든 봉투를 내밀고는 이마가 바닥에 닿도록 고개를 숙이며 부탁했다.

읽어주십시오.

제 만화를, 읽어주십시오.

부탁드립니다. 부탁드립니다. 부탁드립니다, 제발.

아저씨는……. 국장님은 봉투를 받아 들고 나를 바깥에 있는 카페로 데려갔다. 그리고 메뉴판도 보지 않고 토마토 주스를 시켰다.

"자네는?"이라는 물음에 어쩌면 좋을지 몰라 "같은 걸로"라고 대답했다.

국장은 집중해서 다 읽은 뒤 몇 가지 개선점을 지적했다. 캐릭터 설정, 칸 분할, 마지막까지 역동성을 강화할 것.

"고칠 수 있겠나?"

그렇게 물어서 나는 단번에 받아들였다.

그날 집에 오자마자 정신없이 고쳐 그렸다. 조금 고쳤는데도 내가 봐도 훨씬 좋아졌다는 걸 알 수 있었다. 만화를 그리는 것이 재미있어서 참을 수 없었다. 홀린 듯이 펜을 놀리며 밤을 지새운 채 아르바이트를 갔다 와서 다시 이어 그리기를 사흘 동안 한 뒤, 수정된 원고를 완성해서 들고 갔다.

다시 그 카페에서 원고를 본 국장은 관세음보살상 같은 눈을 하고 말했다.

"좋은데. 나는 좋아. 이런 만화가 있어도 괜찮겠어."

그 말을 듣는 순간 얼굴이 뭉그러지듯 일그러지는 걸 느꼈다. 드디어. 드디어 내 만화를 살려준 편집자가 있다.

그 자리에서 쓰러질 것 같은 몸을 어떻게든 지탱하며 계속 머리를 숙였다.

토마토 주스 유리잔 두 개가 놓인 테이블 위에 눈에서 눈물이, 코에서 콧물이 뚝뚝 떨어져 물웅덩이가 만들어졌다.

원고를 들고 간 국장은 다음 주에 전화를 걸어왔다.

《루카스》의 한 꼭지가 갑자기 빌 것 같으니 바로 싣고 싶다고 했다.

그때부터 토마토 주스는 나를 북돋우는 특별한 음료가 되었다.

스나가와, 자네 덕분에 생각이 났군.

내 마음속에도 분명히 있었다. 작품은 나이면서 내가 아니라는 마음. 세상 속으로 꺼내야만 하는 것은, 진짜로 중요하게 여기고 싶은 것은, 나 자신이 아니라 작품이다.

잘난 척 고리타분한 설교나 해서 미안하네.

내가 스나가와에게 가르쳐줄 건 이제 아무것도 없다. 나는 마침 그곳을 지나갔을 뿐이다. 이 녀석은 순식간에 닿지 않을 만큼 먼 곳으로 갔다. 나비처럼, 새처럼 날갯짓하며.

다시 한번 축하하네.

자네는 진짜 실력자야. 내가 찾아낸 게 아니야. 어디서 무엇을 하든 어떤 형태로든 스나가와는 언젠가 만화를 그렸을 것이고 세상으로부터 인정받았을 것이다. 만화의 신이 그 재능을 방치할 리가 없다.

그때 주인장이 바 안쪽에서 나지막이 끙 하고 앓는 소리를 냈다.

두리번두리번 뭔가를 찾고 있다.

그러자 여성 종업원이 소리도 내지 않고 걸어가더니 계산대 옆 서랍에서 노란 고무줄이 든 봉지를 꺼냈다. 그리고 바 너머 주인장에게 툭 던진다.

주인장은 나이스하게 캐치했고 그 손을 들고 아무 말 없이 살짝 웃었다. 종업원도 아무 말 없이 주인장과 눈을 맞추고 입꼬리를 살짝 올린다.

……뭐야, 지금 저건?

저 종업원은 어떻게 주인장이 찾는 물건이 무엇인지 금세 알았지? 그리고 한마디도 하지 않고 주고받는 저 눈빛, 굉장한데. 이심전심인가?

둘의 호흡을 눈으로 좇으면서 생각했다.

사이가 좋고 나쁘고의 문제가 아니다. 비틀린 말을 하거나 침묵하기도 하지만, 한편으로 저 종업원은 주인장과 말없이도 통하는 동반자일지 모른다.

그리고 그걸 주인장은 잘 알고 있다. 틀림없다.

테이블이 부르르 흔들린다. 스나가와의 휴대전화다.

스나가와는 휴대전화를 검지로 살짝 터치해서 진동을 멈추게 하더니 눈을 동그랗게 떴다.

"왜 그러나?"

"……《블랙 맨홀》의 애니메이션화가 결정됐나 봅니다. 편집자한테서 온 문자인데요."

"이야!"

나는 주먹을 불끈 쥐었다.

"됐네……! 됐어, 스나가와!"

등을 툭툭 두드리니 녀석은 몸을 비틀며 피했다.

요즘 만화가에게는 상도 물론 감사하지만 역시 애니메이션화가 더 값지다. 이걸로 캐릭터가 단번에 대중들 눈에 띄게 되므로 독자층이 폭발적으로 넓어진다.

나는 딱히 《블랙 맨홀》이 애니메이션화 된다는 사실에 놀라 흥분한 건 아니다. 그리 머지않은 미래에 반드시 그렇게 될 거로 생각하고 있었다. 다만 스나가와가 그걸 안 순간에 함께 있었다는 사실에 흥분했다.

기뻤다. 내가 좋아하는 이 만화가…… 스나가와의 《블랙 맨홀》이 내 눈앞에서 점점 크게 성장해나가는 모습이.

"자네, 좀 더 기뻐해도 돼!"

"……기뻐하고 있습니다."

전혀 기쁜 것 같지 않은 스나가와의, 휴대전화 화면에 대고 있는 손가락이 살짝 떨리는 것을 나는 겨우 눈치챘다. 어쩐지 마음이 뭉클해졌고…… 그리고 미안한 마음도 들었다.

나는 뭐든지 밖으로 드러내는 모습만 보고 쉽게 판단했는지도 모르겠다. 이 녀석을 지금까지 얼마나 제대로 알고 있었을까?

스나가와는 담당 편집자가 보내온 링크를 클릭해서 이번 애니메이션 제작 회사 사이트와 OST 후보가 된 가수에 관한 정보를 읽는다. 나도 거북이처럼 고개를 내밀어 함께 스나가와의 휴대전화 화면을 본다.

글자가 작아 잘 읽을 수 없어 필사적으로 글을 좇아 읽었더니 아니나 다를까 눈이 시큰거렸다. 건조한 눈에는 수분 공급. 나는 안약을 꺼내려고 가방 안을 뒤졌다.

안약을 손에 쥐면서 나는 온천에 들어간 듯 기분이 좋아졌다. 노곤해져서 느긋하게 스나가와에게 말을 걸었다.

"이야, 정말이지. 운만 좋은 나와 달리 자네는 재능이 있어."

스나가와는 불쑥 휴대전화에서 얼굴을 들고 억양 없이 말을 한다.

"선생님은 운이 좋으십니까?"

"어?"

갑자기 찬물을 끼얹는 듯한 느낌이다.

내가 안약을 한 손에 들고 멍하니 있으니 스나가와는 담담하게 말을 잇는다.

"편집자한테서 들었습니다. 선생님이 맨 처음 작품을 들고 만난 영성사 편집자는 지원자 기를 꺾는 걸로 유명했던 사람 아닙니까? 투고 원고는 관련 전화를 받은 편집자가 먼저 보는데 하필 그 편집자가 전화를 받았으니 처음부터 운이 나쁜 거지요. 그 사람, 경비를 횡령한 게 발각되어 1년 만에 잘렸답니다."

아뿔싸, 입이 벌어졌다. 말문이 막힌 나를 외면하고 스나가와는 다그치듯 말했다.

"아까 데뷔 이야기, 선생님은 각색하셨지만 편집부에서는 전설이 되었습니다. 원고 읽어달라고 화장실에서 무릎 꿇고 바닥에 이마 조아린 사내라고, 비화의 비화가 되어서 말입니다. 데뷔시켜준 국장님도 바로 정년퇴직하고 말레이시아로 이민 가버려서 그 뒤로 선생님의 두 번째 작품도 꽤 힘들게 나왔잖아요."

피가 거꾸로 솟구쳤다. 바닥에 무릎 꿇고 이마 조아린 것까지 말하다니, 이 수다쟁이 국장아. 게다가 편집부에서 다 알고 있는 줄도 모르고 국장이 해외에 간 김에 내 이미지가 좋도록 말을 퍼트렸는데 이 얼마나 멍청한 짓인가.

어쩐지 배신감이 들었다. 스나가와는 언제부터 알았을까? 그런 건 좀 더 빨리 말했어야지. 이런 개망신이 있나.

"게다가 선생님은 가위바위보도 만날 지고, 복권도 매주 사지만 당첨된 적이 없고, 지하철을 타도 거의 자리에 못 앉고, 작업실에서도 티슈의 마지막 한 장을 꼭 선생님이 빼서 결국 새 티슈 상자 꺼내는 일도 매번 하시고, 온라인에서 쇼핑하면 불량품이 자주 걸리죠."

"……으음."

어떤 스위치가 켜진 것처럼 스나가와는 청산유수가 되었다. 마치 닦달당하는 기분이 들었다. 그리고 녀석은 퍽 예리한 칼날로 찔렀다.

"전 선생님이 운이 좋은 사람이라고는 한 번도 생각한 적 없습니다."

그만……. 나를 더 이상 비참하게 만들지 마…….

아아, 맞다, 분명 그랬다. 재능이 없으니 적어도 '난 운이 좋아'라고 내가 나를 그렇게 다독였을 뿐이다. 나는 운조차 좋지 않았고 만화가 데뷔는 전부 국장님의 인덕 덕분이다.

"뭐……. 그럴지도 모르지. 나는 단순히 국장님의 도움으로……."

인정하지 않을 수 없어서 횡설수설하는 나에게 스나가와는 세차게 고개를 옆으로 흔들었다.

"선생님이 국장님께 도움받은 게 아니라 작품이 선생님 도움을 받은 겁니다."

어? 스나가와를 보았다. 스나가와는 투명한 눈동자로 나를 바라보면서 말한다.

"선생님은 운이 아니라 노력하는 사람입니다. 저는 그런 점을 굉장히 존경합니다."

뭐야…… 뭐라는 거야?

그런 말을 하면서도 스나가와는 표정을 바꾸지 않는다. 몸이 뜨거워지는 걸 느끼며 나는 스나가와의 말에 한 치의 거짓도, 속임수도 없다는 걸 확신했다.

녀석은 늘 그랬다. 중요하다고 생각할 때는 결코 눈을 떼지 않는다. 콘티 그리기, 펜촉 사용법, 칸의 분할과 활용. 내 옆에서 물을 쭉쭉 빨아당기는 스펀지처럼 만화 기술을 자신의 것으로 만들어간 스나가와.

스나가와는 그러는 동시에 나를 계속 지켜보고 있었다.

후유 하고 가슴을 쓸어내리고 싶은 기분이었다.

나도 잘 알게 되어서 좋다.

나를 누구보다 인정해주는, 말 없는 동반자가 바로 옆에 있다는 것을.

다 마신 토마토 주스 유리잔이 불그레하게 흐려져 있다. 나는 스나가와를 보았다.

"오늘 대담, 자네와 함께 잡지에 나올 수 있어서 기쁘네. 아주 좋은 기념이 됐어. 고맙네."

스나가와는 의연하게, 싱긋 웃지도 않고 대답한다.

"아닙니다, 저야말로. 이런 일이라도 없으면 제가 먼저 선생님께 뵙자는 말을 잘 못 해서."

무뚝뚝한 말투. 이게 스나가와다.

나는 "그런 말은 좀 더 웃으면서 말하게!"라며 웃었다. 웃는다.

웃고 있는데.

왜 그런지 눈물이 나온다. 안약 따위 역시 필요 없었다.

4장 　　　　　**빨간 귀신과 파란 귀신**

초록색 신호등이 깜박인다.

횡단보도를 종종걸음으로 걷는다. 깜박깜박 재촉하는 초록색 불빛이 마치 목표물인 양. 아스팔트에 그어진 흰색 선을 몇 개나 뛰어넘고 조금만 더 가면 건너편에 도착하는데, 그만 신호가 빨간색으로 바뀌고 말았다. 바로 옆에서 대기하던 차가 당장이라도 덮칠 것 같은 사나운 동물로 보인다. 도망치듯 속도를 내며 달렸다.

신호등 옆에 잠시 발을 멈춘다. 안도와 함께 토해낸 숨이 하얗다. 새해가 시작되고 보름이나 지나니 거리는 완전히 일상을 되찾았다. 차도에는 차가, 인도에는 사람들이 오간다.

두근두근 심장이 빠르게 뛴다. 잠시 달린 것뿐인데 숨이 끊어질 듯하다니, 운동 부족이 명백하다. 추위에 약한 몸이 수축한 탓인지 최근 들어 숨이 막힐 때가 종종 있다.

목도리를 고쳐 두르면서 마음을 다잡았다.

이제 5분만 걸으면 직장에 도착한다. 출근 시간까지 아직 꽤 여유가 있다.

그런데도 나는 왜 횡단보도를 달렸던 걸까?

내가 도쿄의 수입 잡화점 '릴리알'에서 일한 지 1년 반이 되었다.

쉰 살의 전직이었다. 그때까지 여러 일을 전전해왔던 터라 이 나이에 정사원으로 채용해줄 곳이 없다고 생각했다. 손님 응대부터 시작했고 3개월 후에는 매입도 조금씩 맡았다. 정말로 감사한 일이다.

프랑스나 영국을 중심으로 한 해외 식품이나 인테리어는 보는 것만으로도 가슴이 설렜다. 릴리알에서 취급할 상품으로 뭐가 좋을지 카탈로그나 인터넷 페이지를 찾아보는 것만으로도 몹시 즐거웠다.

나를 채용해준 대표는 지난달 환갑을 맞았다. 자세가 늘 꼿꼿하고 다부진 여성이다. 자연스럽게 희끗희끗한 아주 짧은 머리카락이 오히려 요염하게 느껴진다. 사랑이 많은 사생활도 젊어 보이는 요인 중 하나인지 모른다. 현재 애인은 열다섯 살 연하고 그 외에도 남자 친구가 몇 명이나 있는 것 같다.

빌딩 1층에 있는 이 작은 가게는 대표와 나, 둘만으로 돌아간다. 개점 준비를 끝냈을 때 대표가 말했다.

"있지, 영국에 매입하러 다녀오면 어때?"

"매입하러요?"

"자기는 안목도 있고 거래처랑 소통도 잘하고 있잖아. 이제 슬슬 현지에 가봐야 하지 않겠어? 나는 바쁘니까 혼자서도 갈 수 있지?"

마음이 부풀어 올랐다. 대표에게 인정받고, 일하러 해외에도 갈 수 있고, 본고장의 잡화를 접한다. 그런 일을 나에게 맡겼다.

"……갈게요! 가고 싶어요."

대표는 윙크하면서 미소를 짓는다.

벌써 마음은 영국으로 가는 중이다. 지금까지 그저 황홀하게 동경만 하던 아득히 먼 나라.

지금까지 직업이 일정하지 않아서 늘 어딘가 맴돌기만 했다. 그러나 지금은 이렇게 기대에 차 있다. 쉰하나가 되어서 겨우 하고 싶은 일을 찾았는지도 모르겠다.

"여권 기한은 괜찮지?"

"네."

자신 있게 대답한 뒤 뜨끔했다.

여권.

그걸 어쨌더라……. 혹시? 머릿속에서 기억을 더듬다가

내가 범한 실수를 깨달았다.

아아, 맞다. 여권을 두고 왔다.

그 사람과 살던 방에다.

그날, 일을 마치고 나는 고개를 떨구듯이 역을 향해 걸어
갔다.

오늘 하루, 오랜만에 몇 번이나 몇 번이나 생각했다. 헤어
진 그 사람을.

거실이 있는 투룸 임대 아파트. 낡았지만 남향에다 3층이
라 볕이 잘 들 것 같아 우리는 단박에 맘을 정했다. 그전에는
한기가 느껴지는 집합주택 1층의 거실 없는 원룸이었으니
엄청난 발전이라고 말하면서.

그 아파트를 나와 혼자 산 지 딱 1년이 되었다. 벌써 1년이
지났나 싶기도 하고 아직 1년밖에 안 되었나 싶기도 하다.

현관 앞에서 헤어질 때, 차가운 비가 내린 것도 선명하게
기억난다. 나를 배웅하는 그 멍한 미소. 나는 마지막까지 그
의 진심을 읽을 수 없었다. 꽤 오래 함께 살았는데 언제나 서
로의 진심은 알 수 없었던 것 같다.

이제 두 번 다시 이 얼굴을 보는 일도, 대화할 일도 없다.

그렇게 생각했는데.

역 개찰구를 빠져나가면서 마무리를 허술하게 한 나에게

짜증이 났다.

통장이나 인감은 각자 관리했지만 여권은 한데 모아서 침대 옆의 협탁 서랍 속에 넣어두었다. 평소에는 잘 사용하지 않기 때문이다. 이국땅으로 간다는 약간의 환상에 어울리는 위치다.

열쇠는 이제 없다. 몰래 들어가서 갖고 나올 수는 없다.

그러니 어쩔 수 없이, 어떻게든, 연락해야 할 필요가 생겼다. 여권을 내 앞으로 보내달라고 전해야만 한다.

그러나 어떻게?

편지를 쓸 수는 없고 메일, 혹은 채팅 앱. 혹은…… 전화. 헤어진 뒤 어떤 식으로든 한 번도 연락한 적이 없어서 마음이 복잡하다. 더구나 내 불찰로 '부탁'을 해야 하다니.

추위와 좌절감에 떨며 서 있는 정거장으로 지하철이 미끄러져 들어왔다. 나란히 서 있던 승객들에 이어 나도 안으로 들어간다.

혼잡한 사람들에 꽉 눌린 채 한 손으로 손잡이를 잡았다. 그때 문득 미처 확인하지 못한 중대한 사항을 깨달았다.

그 사람이 아직 그 아파트에서 살까?

그 사람에게도 쉰을 넘기도록 변변한 직장도 없이 이상을 추구하는 부분이 있었다. 헤어지기 전에는 전단이나 팸플릿, 무가지 등을 디자인하는 프리랜서였다. 지금도 집에서 그런 일을 하는지, 아니면 또 뭔가 다른 일을 시작했는지, 더 나아가 일본에 있는지 없는지조차 알 수 없다.

문득 그가 몹시 멀게 느껴진다. 아니면 내가 먼 곳까지 와버린 걸까.

그때다.

갑자기 심장이 쿵 하고 큰 소리를 냈다. 아픔은 없었지만 멈췄나 싶을 만큼의 충격이었다.

당황하는 사이 점차 숨을 쉬기 힘들어진다. 산소가 몸으로 들어오지 않는다. 초조해하며 손잡이를 꽉 쥐고 호흡하는 방법을 필사적으로 떠올려본다.

그러나 전혀 알 수 없다. 나는 지금까지 어떻게 숨을 쉬고 있었던 걸까. 생각해본 적도 없다. 어쩌지? 고통스럽다. 괴롭다, 괴롭다, 괴롭다. 뭐지? 이런 일.

이마에서도 손에서도 땀이 뿜어져 나온다. 더운지 추운지도 판별할 수 없다. 다만, 그저 몸이 심한 두근거림에 지배당해, 느닷없이 바닷속 깊은 곳으로 내동댕이쳐진 듯이 계속 허우적거릴 뿐이다.

누가. 누군가, 제발 좀 도와주세요. 이렇게 많은 사람이 있는데도 아무도 나를 보지 않는다. 목소리도 나오지 않고 움직일 수도 없다.

안내 방송이 나온다. 이제 곧 다음 역이다. 그때까지 어떻게든 버텨보자는 한 가닥 희망에 매달렸다. 지하철이 정차함과 동시에 젖 먹던 힘까지 짜내 한 번도 내린 적이 없는 역으로 뛰쳐나왔다.

차가운 바깥 공기가 싸늘하게 몸을 감싼다. 사람들은 변함없이 내게 무관심한 채 스쳐 지나간다. 벤치에 앉아 가슴을 눌렀다. 후읍 공기가 몸 안으로 들어온다. 됐다. 숨이 쉬어졌다.

후우, 후우, 하아, 하아아……. 조금씩 몸이 편안해져 그제야 주변을 둘러보았다.

하늘은 칠흑 같다. 맞은편 정거장에 사람들이 드문드문 서 있다. 앉아 있는 벤치 옆 자동판매기가 불빛을 낸다. 팔짱 낀 젊은 연인들이 서로 장난치며 내 앞을 걸어간다.

늘 있던 세계로 쓱 돌아왔다. 호흡법 따위는 생각 안 해도 된다. 이제 전혀 괴롭지 않다. 그토록 힘들었는데 아무 일도 없었던 것처럼 되다니.

차가운 곳에 있다가 갑자기 난방 중인 더운 지하철 안으로 들어갔더니 온도 차이 때문에 뭔가 몸이 반응한 건가? 차멀미 같은 건가?

아니면…….

나는 가방에서 다이어리를 꺼냈다.

2월 2일. 일정표의 그 날짜에는 빨간 펜으로 별 표시가 그려져 있다.

앞으로 2주일.

지하철이 다가왔다. 나는 다이어리를 덮고 가방에 넣었다.

그리고 그대로 평소처럼 내가 사는 원룸으로 돌아갔다.

다음 날은 릴리알의 정기 휴일이라 만약을 위해 오전 중에 근처 내과에 가서 진찰받았다.

나와 비슷한 연배의 남자 의사에게 갑자기 가슴이 아파서 숨을 쉴 수가 없었다고 전했다. 청진, 심전도, X-레이 검사 결과 별다른 이상이 발견되지 않았다.

"스트레스를 받은 게 아닐까요?"

의사는 무뚝뚝하게 말했다.

스트레스. 이 모호한 말을 어떻게 받아들여야 하는가. 도대체 스트레스가 없는 삶이 존재할 수 있을까? 내가 가만히 있자 의사는 설명서를 읽듯이 담담히 이어 말한다.

"잠이 부족하거나 몹시 피곤하지 않으십니까?"

"……그건, 그런 거 같아요."

"너무 신경 쓰지 말고 느긋하게 쉬는 게 좋습니다. 상태를 보고 무슨 일이 생기면 다시 오시고요."

무슨 일이 생겨서 왔는데.

생각은 그렇게 했지만 진찰을 빨리 끝내고 싶어 하는 의사에게 더 말하지 않고, 코트를 든 채 둥근 의자에서 일어났다.

여하튼 특별히 나쁜 곳은 없다는 말이다. 확실히 요즘 잠이 부족했을 수도 있다. 일이 재미있어서 '피곤하다'는 의식은 거의 없었지만, 집중해서 시간 가는 줄 모르고 자료를 만들고 거래처의 영문 메일을 완벽히 번역하고 싶어서 몇 시간이나 보내는 일도 자주 있었다.

진찰실을 나와 진료비 수납을 기다리는 동안 화장실에 갔다. 작은 세면대가 설치된 벽에 아무 장식도 없는 거울이 걸려 있다. 거울에 비친 내 모습을 보고 깜짝 놀랐다. 저도 모르게 얼굴을 돌리고 싶은 충동을 참고, 발을 멈춰 그 사각형 안을 물끄러미 바라보았다.

창백한 형광등 아래, 안색이 나쁜 중년 여자가 뚱한 표정으로 서 있다. 눈 밑은 처지고, 팔자주름은 또렷하게 계곡을 이루고, 관자놀이에는 갈색 얼룩이 보인다.

말도 안 돼, 아니야. 이건 내가 아니다. 내가 아는 내가 아니고, 내가 생각하는 내가 아니다. 나는 지금 빛나고 있어야 한다. 독신을 찬미하며 좋아하는 일을 하면서.

추워서 혈액순환이 나쁜 탓이다. 잠이 부족할 뿐이다. 피곤해서다. 좋아하는 일이라도 스트레스가 된다더라. 집 근처에 있는 내과라서 화장도 하지 않았고 어깨까지 오는 머리카락도 그냥 빗기만 했을 뿐이고 옷도 대충 입었다. 무엇보다

이 오래된 형광등이 이상하다.

나는 머리를 흔들며 거울에서 벗어났다.

병원에서 나오니 12시가 넘었다.

눈에 띄는 카페에서 가볍게 점심을 때우려 했는데 평일이라 그런지 다 만석이다.

날씨가 화창해 기분도 좋은 오후다. 파란 하늘을 보고 있으니 그제야 진찰 결과가 아무것도 아니라는 것에 마음이 놓였다. 샌드위치와 뜨거운 카페오레를 사서 공원까지 걸었다.

벤치에 앉아 치킨샌드위치를 먹는다. 아 참, 여권. 다시 떠올랐다. 사무적으로 짧게 메시지를 보낼까? 그러나 답변을 기다리는 것이 더 스트레스다. 안 읽거나 읽고 답을 안 하면 그다음이 성가시고.

다 먹고 마음이 편안해지자 뭔가에 홀린 듯이 '전화해볼까?'라는 생각이 들었다.

휴대전화를 쥐고 이 기세를 타기로 했다. 연락처 앱에서 그의 이름을 찾았다. 두근거렸지만 이건 지하철 안에서 일어난 그 기묘한 두근거림과는 다른 종류였다. 작게 맥박이 뛰는 현실감이 있는 긴장감.

뚜르르. 휴대전화가 상대를 부르는 소리가 귀에서 흐른다. 역시 잘못된 생각인가? 끊을까? 그렇게 생각한 순간 기계음이 끊겼다.

"……여보세요."

그다.

그 사람에게 걸었으니 당연한 일이다. 그런데도 어쩐지 깜짝 놀랐다. 물론 휴대전화 화면에 표시되었을 내 이름을 보고 상대가 훨씬 더 놀랐겠지만.

"여보세요?"

다시 한번 그가 말한다. 내가 말이 없는 탓이다. 당황해서 소리를 짜낸다.

"저……. 나예요."

잠깐 뒤 '응'인지 '흥'인지 말이 되지 않는 한숨이 흘러나온다. 그리고 망설이는 목소리가 들린다.

"음, 저기……. 아카네 씨."

아카네 씨?

나를 그런 식으로 부른 적은 단 한 번도 없었는데.

서먹서먹한 말투로 거리를 두려는 건가? 당신과는 이제 관계가 없다고. 하지만 그건 맞는 말이다. 그렇긴 하다. 나도 모르게 반항심이 솟았다.

"네, 아카네입니다. 소우 씨."

그는 훗 하고 웃었다.

"어쩐지 새롭네. 괜찮은걸, 소우 씨라니."

나도 처음으로 그렇게 불렀다. 좀 마음이 상했는데 상대가 웃어서 마음이 풀렸다. 하지만 이렇게 되자 그를 뭐라고 불러야 좋을지 모르겠다.

남아 있던 카페오레를 한 모금 마신다. 그는 뜨겁지도 차갑지도 않은 적절한 온도로 짧게 "잘 지내?"라고 묻는다.

"응. 잘 지내."

"그래, 다행이다."

"너는?"

"잘 있어."

"……다행이네."

그가 "웬일이야?"라거나 "무슨 일 있어?"라고 묻지 않아서 이대로 이런저런 잡담만 할 것 같은 분위기였다. 이래서는 마치 내가 그의 목소리를 듣고 싶어서, 혹은 미련이 남아 있어서 전화한 꼴이지 않은가. 얼른 용건을 끝내야만 해. 나는 말을 꺼냈다.

"저기, 있잖아. 실은 부탁이 있어."

"부탁? 나한테?"

싫어하는 것처럼 들리지는 않는다. 좀 뜻밖이라 흥미로워하는 것 같다. 나는 한 호흡을 두고 될 수 있는 한 아무렇지도 않은 말투로 뜻을 전했다.

"영국으로 출장을 가게 됐어. 근데 여권을 거기에 두고 온 것 같아."

말했다. 말을 했다. 나는 영국으로, 출장을, 간다, 고!

"응, 그렇구나."

그는 무심히 받아넘겼고, 나는 상대에게 안 보이는 걸 다행으로 여기며 입술을 삐죽였다. 좀 더 격한 반응을 하면 좋을 텐데. '대단하네' 정도는 말해도 되잖아. 못마땅하게 생각하면서 마침내 '부탁'을 한다.

"그래서 말인데, 번거롭겠지만 내 여권 좀 보내줄래?"

"어? 여권을 보내달라고?"

"응. 보통 우편은 불안하니까 미안하지만 등기로."

"어……."

이번에는 그가 못마땅한 듯했다.

"그건 우체국 가야 하는 거지? 내가 지금 너무 바빠서 그런데, 그냥 가지러 와."

그렇게 답이 돌아오니 이런저런 생각이 들었다.

가지러 오라니, 그건 결국, 이 사람이 그 아파트에 그대로 살고 있다는 뜻이다. 그리고 나와 더 이상 만나고 싶지 않은 게 아니라는 말이다. 그렇다면 '여권을 봉투에 넣고 주소를 써서 우체국 창구까지 들고 가 등기로 부친다'는 일련의 번잡한 작업을 시켜서 내가 신세를 지는 모양새를 만드느니 간단히 주고받고 끝내는 편이 서로에게 좋다.

"……그게 편하면 그렇게 할게. 언제 갈까?"

"오늘 저녁쯤. 일하느라 집에는 있어."

당황했다. 느닷없이, 오늘?

하지만 오늘이라면 나도 다른 일은 없다. 어서 해결해서 홀가분해지고 싶었다.

4시로 약속을 잡고 벤치에서 일어났다.

원룸으로 돌아와 우선 옷장을 열었다. 무엇을 입고 갈까? 그 사람이 본 적 없는 옷. 너무 화려하지 않은 옷. 그러나 산 뜻하고 감각 있는 옷이어야 한다.

오랫동안 고민한 뒤 캐시미어 니트를 입기로 했다. 밝은 포도색에 품위가 있는 화사함이 마음에 든다. 하의는 베이지 색 긴 치마로 골랐다. 하의는 무난한 정도가 적당하다.

다음은 액세서리 상자를 열었다. 또 이것저것 망설이던 끝에 심플한 목걸이와 귀걸이를 은색으로 맞추기로 했다.

옷과 액세서리를 결정한 뒤 서둘러 샤워하고 정성 들여 머리를 손질했다.

얼굴에 기초 세품을 바른 뒤 파운데이션을 펴 바르면서 느낀다. 분명 병원 화장실에서 본 나와는 달라졌다. 눈도 또렷해지고 피부도 윤기가 돈다. 뷰러로 속눈썹을 올려 마스카라를 칠하고 눈썹을 정리하며 숨을 내쉰다. '생기' 같은 것이 온몸 안을 내달린다.

아이러니다. 지금까지 그와 만나면서 이렇게 노심초사했던 적이 있었던가? 함께 살던 때는 자고 일어나서 세수도 안 하고 잠옷 차림으로 하루 내내 보낸 적도 있었는데. 그러나 내가 지금 어떻게든 괜찮게 보이려고 노력하는 이유는 달콤한 사랑 따위가 아니라 허세다. 나이 들어 보이는 건 참을 수 없다. 헤어져서 안타깝다고 후회하게 해주고 싶다. 그런 한편으로 너무 힘을 주면 자기 때문에 꾸미고 온 거라 여기고 우쭐할까 봐 그것도 싫다. 꾸미지 않은 듯 꾸미는 건 어렵다. 이런 내가 몹시 귀찮다.

아파트에 도착해 공동 현관의 인터폰으로 호출 번호를 눌렀다.

바로 "어어"라는 대답이 있었고 문이 열린다. 이상한 느낌이다. 몇 년이나 주인으로 있었는데, 나는 이제 허락하지 않으면 들어갈 수 없다.

엘리베이터로 3층까지 오른 뒤 익숙한 문 앞에 서서 또 벨을 누른다. 아주 잠깐 뒤에 문이 열리고 그가 얼굴을 내민다.

"……어."

"안녕……."

헝클어진 머리. 예전부터 입고 있던 색바랜 감색 추리닝. 1년 만에 전 연인을 만나는데 아무리 집이라지만 좀 더 신경 쓸 수는 없었을까? 전혀 변하지 않은 그 모습 탓에 전투 태세로 온 내가 바보 같았다.

"들어와."

나는 앵클부츠를 벗었다.

거실로 들어가니 하얀 뭉치가 휙 마루를 가로질러서 엉겁결에 어깨를 들썩였다.

새하얀 고양이였다.

깜짝 놀랐다.

"어? 고양이 키워?"

내가 묻자 그는 부엌으로 가면서 "응" 하고 답한다.

"지인이 다친 고양이를 발견하고는 보호하다가 키우려고 했는데 부인이 고양이 알레르기가 있는 걸 안 거야. 어쩐지 운명 같은 느낌이 들어서 내가 데려왔어."

하얀 고양이는 소파 위에 드러누워 있다. 고양이의 나이는 모르지만 아마도 성묘(成猫)일 것이다. 문득 얼굴을 돌렸는데 귀 뒤쪽에 힘줄처럼 보이는 상처가 보인다.

"다친 곳이 귀야?"

"아니. 그건 전부터 있었던 것 같아. 다친 곳은 뒷발이었는데 그리 깊은 상처가 아니라서 이제 다 나았어. 커피 마실래?"

벌써 가스레인지 위에 주전자를 올려두었다. 여권만 가지러 온 것이라 괜찮다고 말하려고 했는데 내 입은 멋대로 "응"이라고 대답하고 있었다.

함께 살았을 때, 일요일 아침은 늘 이 사람이 커피를 끓여줬다. 그리고 반드시 지금처럼 "커피 마실래?"라고 물었다. 그 물음에 "응"이란 말 말고는 대답해본 적이 없다. 공백이 있어도 조건반사가 없어지지 않나 보다.

고양이가 소파에서 하품한다.

나는 이런 생명체와 살아본 적이 없다. 고양이가 집 안에 있는 상황에 조금 흥분해서 소파로 다가갔다. 순간 고양이는 소파에서 내려와 부엌 쪽으로 가버린다. 달가워하지 않는다.

나는 그대로 소파에 앉았다.

대면형 주방 안쪽에 있던 그가 식기장에서 컵을 꺼내면서 말했다.

"하얀 고양이는 보통 고양이보다 경계심이 강한 것 같아. 자연환경에서 하얀색이 눈에 잘 띄니까 위험한 상황이 더 많아서 그렇대."

그리고 혼잣말처럼 중얼거린다.

"아무 짓도 하지 않았는데 말이야. 타고난 털 색깔이 하얀색일 뿐인데."

물이 끓는 소리. 그는 불을 껐다.

나는 소파에 몸을 기대고 방 안을 휙 돌아본다.

내가 살던 때와 바뀐 곳이 몇 군데 있다. 고양이 발톱에 뜯겼는지 소파 팔걸이가 너덜너덜해진 것, 쿠션 커버를 바꾼 것, 창문 앞에 얇은 펜스를 놓은 것.

커피 향이 확 퍼졌고 그가 커피를 들고 왔다. 나는 머그잔을 받으면서 물었다.

"바쁘지?"

"응. 정신없이 바빠."

만족스러운 듯 웃는 얼굴. 삐죽삐죽 수염이 아무렇게나 자라 있다. 며칠이나 제대로 외출도 하지 않은 느낌이다. 그는 식탁 테이블에 앉아 쌓여 있던 잡지를 펼쳤다. 내가 와 있는데도 상관하지 않는다. 너무 편한 그 모습에 내가 여기를 떠난 1년이 모두 꿈이었나 싶었다. 계속해서 이렇게 함께 살았던 것 같다.

하지만 꿈은 아니다. 나는 여권을 가지러 왔으니까.

거실에 있는 소파 테이블에 컵을 올려두고 자리에서 일어났다. 침실로 가려고 하자 마루에 있던 고양이가 또 나를 피하듯이 빠른 걸음으로 방구석으로 가버린다.

얘, 나 아무 짓도 안 해. 좀 상처받았지만 뭐, 괜찮다. 앞으로 다시 여기 올 일은 없을 테니까.

침실로 들어가서 침대 옆 협탁의 서랍을 열었다. 두 개의 여권. 안을 살펴 이름을 확인하고 내 여권만 들고 거실로 나온다.

잡지를 넘기고 있는 그의 무릎 위에 고양이가 있다.

그는 이제, 나 같은 건 없어도 전혀 아무렇지 않다. 조용하고 일도 많아서 바쁘며 잘 따르는 고양이도 있다.

나도 뭐 괜찮다. 전혀 아무렇지 않다. 혼자서 잘해나가고 있다.

"이제 갈게."

나는 말했다. 그는 고양이를 쓰다듬으면서 "그래"라고 답한다.

고양이는 기분 좋은 듯 눈을 감고 있다. 단정한 털이다. '안녕, 잘 있어'라는 느낌으로 꼬리 부근을 살짝 만지니 고양이는 눈을 뜨고 나를 본다. 도망가려나 했는데 그대로 가만히 있었다. 그리고 다시 천천히 눈을 감았다.

두 번째 발작이 일어난 건 며칠 뒤 아침이었다.

출근 준비를 할 때부터 약간 느낌이 이상했다. 어쩐지 손이 저리고 목구멍에 살짝 위화감이 느껴졌다.

매서운 추위 때문이라고 생각했다. 불면증 탓에 일어날 때도 힘들었다. 식욕도 없어서 감기가 시작되려나 하고 꿀을 탄 뜨거운 생강차만 마시고 출근했다.

평소처럼 지하철은 만원이었고 찌는 듯이 더웠다. 사람.

사람사람사람사람, 사람.

손잡이를 잡고 흔들림에 반항하듯이 발을 딱 버티고 섰는데, 릴리알까지 두 정거장 남긴 때부터 그것이 다시 불쑥 찾아왔다.

쿵 하고 크게 진동하는 심장. 격렬한 두근거림. 아아, 또왔다. 숨이 쉬어지지 않는다. 아무도 나를 짓누르지 않는데도 압박감으로 가슴이 바스러질 것 같다. 숨, 숨을 쉬어야만해. 안 돼, 내 주변만 물속처럼 공기가 사라지는 것 같다. 이마에서, 손발에서, 땀이 뿜어져 나오는 것을 알 수 있었다. 필사적으로 잡은 손잡이가 미끄럽다.

괴롭워, 도와줘, 누군가 어서, 어서어서 지하철을 멈춰주세요. 이대로라면 물에 빠져 질식한다어쩌지어쩌지어쩌지어쩌지어쩌지어쩌지어쩌지어쩌지어쩌지어쩌지어쩌지어쩌지어쩌지어쩌지,

죽는다.

정신을 잃기 바로 직전에 지하철이 멈췄다. 몽롱한 머리로 나는 손잡이에서 손을 떼고 흐느적흐느적 밖으로 나왔다.

벤치를 찾을 여유도 없어 정거장 기둥 근처에 쭈그려 앉았다. 지하철에서 탈출했다는 안도감에 숨이 돌아왔다.

발길이 바쁜 사람들 대부분은 내 옆을 그냥 지나치는데 젊은 여자 한 명이 "괜찮아요?"라며 말을 걸어준다. 호흡할 수

있다는 데 일단 마음이 진정돼 얼굴을 들고 살그머니 고개를 끄덕여 보였다.

"물 드릴까요?"

여자는 자기 가방에서 새 생수병을 꺼냈다. 마시고 싶은 생각도 들었으나 가볍게 고개를 저었다.

"괜찮아요, 고마워요."

그렇게 말하며 일어났다. 정말로 괜찮아졌다. 거짓말처럼.

웃는 표정까지 보이는 나에게 여성은 안심한 표정으로 미소 지으며 사라져갔다.

천사인가? 그런 생각이 들었다. 해맑은 친절함에 감동해서 조금 눈물이 났다.

긴 생머리. 시원스러운 눈매의 스무 살쯤 돼 보이는 예쁜 아이였다. 틀림없이 학생이리라.

내가 저 나이였을 무렵, 이런 식으로 고통스러워하는 사람에게 말을 걸 수 있었을까? '물 드릴까요?'라며. 내 일만으로 정신없었던 것 같다.

저 아이가 내 나이가 될 때까지는 30년이나 남았다. 그런 계산을 하다가 웃음이 나왔다. 저 아이의 엄마조차 어쩌면 나보다 어릴지 모른다.

많이 살았구나, 나는.

몸만 먼저 늙고 알맹이는 전혀 성장하지 않았다.

172

심호흡을 한 번 하고 가슴에 손을 댔다. 심장은 진정되었다. 기분도 전혀 나쁘지 않았다. 정말로 무슨 일이 일어났던 거지?

다음 지하철이 오기까지 3분 정도 남았다. 그러나 오늘 다시 지하철에 타는 것은 주저된다. 또 그렇게 발작이 일어난다면.

그런 상상만으로 다시 갑자기 심장이 뛰면서 초조해졌다. 안 된다. 지하철에 타는 생각만으로도 무서워진다.

한 정거장. 나는 손목시계를 보면서 개찰구를 나가 택시를 잡았다. 돈은 들지만 하는 수 없다. 택시라면 언제든 멈출 수 있고 금세 밖으로 나갈 수 있다. 그렇게 생각하니 발작도 공포도 모습을 드러내지 않았다.

겨우 지각을 면할 정도로 릴리알에 도착해서 셔터를 열고 있을 때 대표가 왔다.

"우아하게 택시 타고 왔지? 나를 앞지르고 간 것 같더라."

민망해서 웃음으로 무마했다.

"죄송해요. 지하철 안에서 속이 좀 거북해져서요."

"지하철에서? 왜 그래, 괜찮아?"

문을 열 준비를 하며 띄엄띄엄 사정을 설명했다. 대표는 진지한 얼굴로 이야기를 다 듣고는 내 어깨에 손을 얹었다.

"병원에 가봐."

"갔어요. 그런데 아무것도 아니라고 하네요."

나는 살짝 웃으며 대답했다.

"내과 말고. 내가 전에 다니던 곳 알려줄 테니 거기로 가봐."

대표는 핸드백 속에서 카드 지갑을 꺼냈다. 그리고 손가락을 움직여 그 가운데서 한 장을 꺼내 내게 건네준다.

심료내과* 진찰권이다. 병원 이름 밑에 볼펜으로 대표의 이름이 적혀 있다.

"대표님도 여길 다녔어요?"

얼떨결에 그런 걸 물었다. 늘 자유분방하고 즐거워 보이는 대표와는 전혀 상관없는 곳 같았기 때문이다.

"나도 여러 가지 힘든 때가 있었어. 평범한 거야. 요즘 같은 세상에서 제대로 살아가려면, 누구든 마음이 아픈 게 신기한 일도 아니잖아."

대표가 아무렇지도 않게 그렇게 말하는 걸 듣고 나는 반성했다. 나 좋을 대로 즐거워 보인다고 규정하고 상대에게 고민과 고통 따위는 없다고 생각한 것은 지나친 상상력 결핍이었다. 한 여성의 60년 인생이 그렇게 단순할 리가 없지 않은

* 일본에서는 정신증은 정신과, 신경증은 심료내과에서 진료함. 우리나라는 둘 다 정신과에서 진료한다.

가? 알면서도 나는 역시 나만 생각했다.

그건 그렇고 내가 지금 심료내과에 갈 상황인가? 지하철에서 갑자기 숨을 못 쉬는 것은…….

"저, 마음의 병일까요?"

조금 겁먹은 표정으로 대표를 보자 대표는 관자놀이에 손가락을 댔다.

"뭐랄까, 뇌의 오작동인 것 같아. 그래서 몸이 나빠진 거지."

"뇌?"

"멍청하거든, 뇌라는 게."

가족에게 애정을 담아 욕하는 것처럼 대표는 눈썹을 찌푸리며 웃었다.

대표가 알려준 심료내과에 진찰받으러 간 날은 그로부터 사흘 뒤였다. 예약하려고 전화했을 때는 향후 2주일 동안 예약이 꽉 차 있었는데, 대화를 주고받는 동안에 "마침 지금 취소한 분이 있어요"라고 해서 그 자리로 들어갔다. 대단한 행운이라고 대표는 말했다. 정신 건강 쪽은 초진 예약을 바로 잡을 수 있는 곳이 많지 않다고 한다. 정말로 많은 사람이 도움을 바라며 병원에 다닌다는 걸 실감했다.

그리고 진료일까지 남은 사흘간, 나는 출퇴근에 꽤 애를 먹었다. 직장에서 집까지 매일 왕복으로 택시를 탈 만큼 금

전적인 여유는 없다. 이른 아침 집을 나와서 혹시 발작이 일어나면 그 역에서 내릴 수 있도록 할 수밖에 없었다. 큰 증상은 없었지만 정차할 역이 다가올 때마다 몸이 굳었고 어쨌든 우울했고 피폐해졌다.

진찰 결과 나는 공황장애라는 진단이 나왔다.

병명은 들어본 적이 있다. 갑자기 격렬한 두근거림이 덮쳐오고, 과호흡이나 발한 등의 신체 증상이 나타난다고 한다. 시간이 좀 지나면 아무 일도 없었다는 듯이 진정되는 것도 꼭 들어맞았다. 그리고 그게 반복되면 '또 발작이 일어나지 않을까?' 하는 불안감이 공황 속에 빠진 상태와 같은 공포를 일으킨다. 대표의 말대로 뇌가 착각해서 잘못된 명령을 내리는 것이다. 지하철 안이나 엘리베이터, 영화관 등에서 자주 발작한다고 한다.

약이 세 종류 나왔다. 아침, 저녁 두 번의 항불안제와 발작할 때 먹는 비상약. 구토와 졸리는 부작용이 있을 거라는 설명을 들었다.

정확한 진단과 치료할 약이 있어 안도하는 반면 어처구니없는 폭탄을 안고 있다는 기분도 들었다.

왜 내가? 하필 왜 지금?

초조함과 짜증이 몸을 휘감았다. 빨리, 어떻게든 해야 해.

"어느 정도면 나을까요?"

내가 묻자 초로의 의사는 온화하게 대답했다.

"금세 나을 수 있는 게 아닙니다. 연 단위로 천천히 합시다."

충격이다. 연 단위?

금세 나을 수 없다. 나는 앞으로 이 '장애'와 마주해야만 한다. 마침내 잘할 수 있는 일을 찾았고 앞으로 훨씬 다양한 일을 열심히 하려고 했는데. 이런 때 스스로 제어할 수도 없고 눈에 보이지도 않는 병을 떠안다니, 어쩐지 인생에 배신당한 기분이었다.

고개를 떨구고 있는 나에게 의사는 말했다.

"불안한 때나 발작이 생겼을 때 우선 신경을 분산시키는 편이 좋습니다. 누군가와 말을 하거나 껌을 씹거나 물을 마시거나 음악을 듣거나요."

그 말을 듣고 짚이는 데가 있었다. 젊은 여자가 말을 걸어왔을 때 빠르게 회복한 것은 그 덕분이었나 보다. 어쩌면 그 사람도 똑같은 증상으로 고통받은 경험이 있는지 모른다. 혹은 아직도.

2주일 뒤에 다시 오라고 해서 접수처에서 예약하고 병원을 나왔다. 대표에게 전화로 진찰 결과를 보고하니 준비라도 한 듯이 말했다.

"우선 보름 정도 쉬어. 유급 휴가 모아둔 것 있지? 잠깐 휴가라고 생각해."

"보름이나요? 그럼 대표님 혼자서 가게를⋯⋯."

"여긴 어떻게든 할게. 사람에 따라 다르지만 부작용에 익숙해질 때까지는 열흘 정도 걸릴 거야. 꽤 힘들어."

냉정한 목소리였다.

대표는 배려심이 깊고 상냥하지만 경영 면에서는 엄격한 사람이다.

발작 그 자체는 물론, 부작용으로 상태가 나빠져서 일을 제대로 처리하지 못하는 나를 출근시키면 손님이나 대표도 난처할 것이다. 그게 본심임이 틀림없다.

유급 휴가를 이런 식으로 쓰고 싶지 않았으나 병가로 쉬어서 월급이 반으로 줄어드는 건 더 힘들다. 1월은 이제 일주일 정도 남았다. 2월 5일쯤에는 복귀한다고 약속하고 나는 전혀 설레지 않는 '휴가'에 돌입했다.

대표가 말한 대로 역시 부작용은 힘들었다. 하루 내내 끈적하게 들러붙은 졸음에 휩싸여 TV를 보다가 어느새 잠들어버리거나, 아예 몸을 일으킬 엄두가 나지 않기도 했다. 토하는 일은 없었지만 계속 속이 메슥거렸다. 식욕이 없어서 롤빵을 찢어 우유에 적신 후 어떻게든 입에 쑤셔 넣었다.

쭉 집에 있었으니 지하철을 탈 위험은 없었지만 이대로 나는 아무것도 못 하는 게 아닐까 하는 생각이 들면 우울해져서 눈물이 뚝뚝 떨어졌다. 불안을 완화하는 약을 먹으면서 멍하니 있으니 아무것도 할 수 없다는 생각에 훨씬 더 불안해져, 치료를 위한 휴가인데 더욱 악화되는 듯했다.

침대 속에 움츠리고 있으면 손발이 차갑다는 것이 느껴졌다. 살아가는 건 왜 이리 힘들까? 지금까지 그렇게 생각한 적은 많다. 바쁘게 살아갈 때는 생각하는 것을 피하고 있었을 뿐이다. 앞으로 훨씬 성가시고 고통스러운 일에 직면할 게 틀림없다. 왜 나는 살아 있는 걸까? 언제까지 살아 있을 건가?

이렇게 힘이 들면 그만, 차라리 책을 탁 덮듯이 끝내면 좋을 거라고 생각한다. 그런데도 조금이라도 호흡이 가빠지면 나는 황급히 약을 먹는다.

모순이다. 나는 사는 것이 고통인데 죽는 것도 이렇게 무섭다.

신경을 분산시키는 것이 좋다고 의사가 말했었지. 누군가와 말을 하라고.

침대에 누워 휴대전화의 연락처 앱을 열고 쭉 밑으로 내린다. 차례로 나타나는 이름. 그러나 그 가운데 용건도 없이 "잘 지내?"라며 전화할 수 있는 상대가 없다. 다들 바쁘다. 신경을 분산시키려고 잡담해달라고 하기엔 미안하다. 그렇다고 현재 상황을 말해서 분위기가 심각해지는 것은 내가 원하지 않는다.

휴대전화 화면을 손가락으로 터치하는 동안 그의 이름과 맞닥뜨렸다.

손가락을 멈추고 몇 초 동안 그 글자를 응시한다.

내가 아파 잠이 들면 그는 늘 사과를 깎아줬다. 그때만큼은 먹기 좋게 얇게 잘라줬다. 내가 그걸 다 먹으면 "이제 다 나을 거야"라며 웃었다.

그러나 그런 일은 이제 과거의 이야기다. 좋은 일만 떠오르는 건 어쩔 수가 없다.

앱을 닫고 휴대전화를 베개 옆에 두었다.

눈을 감으면 온 세상이 암흑이 된다. 나는 지금, 정말로 혼자다.

닷새째는 일어나니 몸이 한결 편해졌다. 생기발랄까지는 아니고 마음이 평온하고 차분해졌다.

몸이 약에 익숙해진 걸까? 들었던 기간보다 빨랐다. 청소기를 돌리고 세탁기도 돌렸다. 식욕이 있다고 할 만큼은 아니지만 파스타라면 먹을 수 있을 것 같다. 면을 삶고 무를 갈아 통조림 참치와 버무렸다. 그리고 그 위에 차조기 드레싱을 뿌렸다.

그 정도뿐인데도 묘하게 성취감이 들었다. 이런 상태라면 빨리 회복될 것 같아 마음이 밝아진다.

식사를 끝내고 노트북을 켰다.

릴리알의 트위터와 인스타그램을 확인한다. 내가 계정 주인인데 요 며칠간 방치했다. 코멘트에 댓글을 달거나 릴리알을 검색해 호의적인 손님의 글을 리트윗해 확산시키면서 화면과 마주하고 있으니 몸속에서 생기가 돈다. 그다음에는 릴리알의 홈페이지를 열고 콘텐츠를 다시 확인해간다.

전부터 신경 쓰였다. 역시 홈페이지를 리뉴얼해야 한다.

지금은 가게 위치와 내·외부 사진이 몇 장 실려 있을 뿐이라 어떤 상품이 있는지 잘 알 수 없다. 평소에는 날마다 손님 응대나 잡다한 일에 쫓겨 거기까지 손이 미치지 못했고 대표도 "딱히 필요 없는데"라고 했지만 지나가버리는 SNS와는 달리 여기는 '주거지'다. 홈페이지를 개선하면 좀 더 많은 일을 할 수 있을 것 같다. 아직 시작하지 않은 온라인 판매도 수요가 있을 것임이 틀림없다.

다른 잡화점의 홈페이지를 닥치는 대로 검색하는 도중에 화면이 멈췄다. 눈썹을 찌푸렸다. 공유기 상태가 안 좋은지, 최근에 와이파이 접속이 원활하지 않다.

일어나 부엌으로 가 물을 끓였다. 민트 티 상자를 꺼내며 의사도 대표도 호들갑을 떨었지만 나는 이제 괜찮다고 생각했다. 중증이 되기 전에 병원에 간 덕분에 약이 잘 받았다.

보름의 휴가를 받았지만 좀 더 빨리 복귀하자고 마음먹었다.

그러나 대표에게 메시지를 보내 요청하자 '기각. 시기상
조. 방심금물'이라는 사자성어 비슷한 답이 왔다. 잘됐다고
환영할 줄 알았기 때문에 실망했다. 얼른 일하러 가고 싶다.
영국 출장도 준비하고 싶다.

밤에 전화가 왔다.

대표인 줄 알고 휴대전화를 봤더니 그 사람이었다.

심장이 쿵쾅하고 소리를 낸다. 잠깐, 지금 날 놀라게 하지
말아줄래. 애써 진정시키고 있는데. 나는 가슴을 누르면서
전화를 받았다.

"……응."

"아, 나야. 잘 있지."

"응."

내가 짧게 대꾸하니 그는 한 박자 쉰 뒤 말을 꺼냈다.

"부탁드리고 싶은 게 있어서요."

또 남처럼 서먹서먹한 말투다. 남이긴 하지만. 그러나 어
쩐지 맘에 들지 않는다.

"왜 존댓말을 쓰시나요?"

나도 일부러 존댓말로 말하니 그가 전화기 너머에서 훗 하
고 웃는 걸 알 수 있었다.

"갑작스럽지만 실은 내가 모레부터 교토에 가. 나흘간 집

을 비워서 고양이를 좀 부탁할 수 있을까 하고."

고양이를?

그건 상상을 훨씬 뛰어넘는 뜻밖의 의뢰였다. 나는 즉각 대답했다.

"안 돼. 내가 사는 곳은 동물 금지야."

내가 사는 곳. 입에서 튀어나온 그 말이 가슴으로 역류해 온다.

"응⋯⋯. 가능하면 우리 집에 와서 봐주면 좋겠어."

우리 집. 그곳은 요컨대 그의 집이다.

각자의 '주거'가 따로 있다는 것을 새삼 실감하며 나는 잠시 고민했다.

그가 없다면 그 집에서 잠시 지내는 것도 나쁘지 않다는 생각이 들었다. 여기보다 넓고 볕도 잘 들고 욕조에서 팔다리를 펼 수도 있다. 그리고 무엇보다 와이파이 상태가 늘 쾌적했다. 가게에 복귀하기 전에 홈페이지 리뉴얼과 영국 잡화 관련 자료를 정리할 수 있는 최적의 여건일지도 모른다.

고양이를 '부탁'받은 건 처음이지만 그 아이는 나에게 흥미나 호의가 없는 듯하니 고양이는 고양이대로 제 하고 싶은 대로 하겠지.

"⋯⋯좋아."

"다행이야, 고마워. 달리 부탁할 사람이 없었거든."

그 말의 이면을 읽지 않도록, 서로 이상한 의미를 두지 않도록 나는 담담하게 말했다.

"뭐, 전 거주민이니까. 딱 좋잖아."

그는 그 말에는 신경 쓰지 않고 교토에는 1월 31일에 가서 2월 3일 저녁에 돌아온다고 사무적으로 설명했다. 31일 점심 무렵에 나갈 예정이니 아침에 와주길 바랐다.

"출근 전에 오기 힘들면 30일 밤에라도 왔으면 싶은데. 아니면 내가 릴리알로 여벌 열쇠를 갖다줄까?"

그 제안을 들은 나는 휴대전화를 고쳐 잡고 될 수 있는 한 아무렇지도 않게 말했다.

"마침 지금 휴가 중이야. 대표님이 너무 일을 많이 한다고 좀 쉬래."

거짓말은 아니다. 내가 생각해도 잘 회피했다.

공황장애라고 말하고 싶지 않았다. 동정받고 싶지 않았다. 관심을 끌려는 것 같아 싫었다.

31일 아침 10시에 가기로 약속하고 전화를 끊는다.

다이어리를 열고 일정표에다 1월 31부터 2월 3일까지 이어지도록 선을 그었다. 항목을 뭐라고 쓰면 좋을지 망설이다가 '고양이'로 적었다.

2월 2일. 나는 그곳에 표시해둔 별표에 살며시 손가락을 댄다.

1월 31일 아침, 소형 캐리어를 끌고 지하철을 탔다.

문 바로 옆에 있는, 긴 의자의 끝자리가 비었다. 캐리어를 옆에 두고 한 손으로 누르듯이 자리에 앉는다. 핸드백을 무릎 위에 올리고 잠깐 갔다 오는 단거리 여행이라고 생각했다. 어쨌든 그 집에는 이제 내 것이라곤 칫솔 하나 없다.

헤어질 때 책 한 권 남기지 않고 다 들고나왔다. 그리고 그에게 받은 것은 전부 버렸다. 가방도 액세서리도 작은 물건도 손목시계도 정말 싹 다 버렸다.

다음 정차역에서 사람이 탄다. 내 앞에 덩치가 큰 남자가 섰다. 그 옆에는 키가 큰 여자. 내 옆에는 학생 같은 남자가 앉아 있다. 도망칠 수 없다.

어, 곤혹스러웠다. 도망칠 수 없어? 왜 그런 식으로 생각했지?

명치에서 묘한 초조감이 밀려와 심장이 빨리 뛰기 시작한다. 안 돼, 왜? 이제 괜찮아야 하는데. 오늘 아침에도 항불안제는 먹었다.

얼른 핸드백에서 파우치를 꺼냈다. 어서 약을 먹어야만 해. 그런데 물이 없다. 미처 준비하지 못했다. 침으로 약을 억지로 삼켰다. 타원형의 하얀 알약은 수분이 부족해서 목에 걸리고 말았다. 탁탁 가슴을 치고 있는데 지하철이 흔들린다. 그 기세에 캐리어 바퀴가 움직이는 바람에 나는 허겁지

겁 손을 뻗었다.

도망칠 수 없다. 사람의 벽으로 둘러싸여 또 그런 생각이 든다. 온몸을 전속력으로 달리는 맥박에 나를 맡기지 않도록 눈을 감고 스스로를 다독였다.

괜찮아, 약 먹었어. 잘 들을 거야. 신경을 분산시키기 위해 필사적으로 나와 상관없는 일을 생각해내려고 애쓴다. 뭐 없을까. 뭔가 없을까. 눈을 뜨고 주변을 둘러보니 피부 미용 광고에 고양이 사진이 있었다. 맞다, 고양이. 오늘부터 나흘간 그 자존심이 세 보이는 흰 고양이와 살 것이다. 그러고 보니 이름을 못 들었다. 성별도.

몇 분 지나 지하철이 멈추고 내 맞은편 자리가 비었다. 눈앞에 서 있던 덩치 큰 남자가 뒤를 돌더니 그쪽으로 이동한다. 약은 조금씩 목에서 몸 안으로 녹아 들어가는 것 같다.

시야가 넓어지니 호흡이 편안해졌고 두근거림도 차츰 가라앉았다. 광고 속 고양이를 쳐다보았다. 고마워, 덕분에 살았어.

시기상조, 방심금물. 대표의 메시지를 떠올리며 이마의 땀을 손등으로 닦았다.

고양이는 암컷이고 이름은 따로 짓지 않았다고 한다. "내가 이름을 짓는 게 주제넘은 것 같아서"라는 말도 안 되는 이유다. 수의사가 추정하는 나이는 아홉 살쯤 된단다.

고양이 밥(그는 먹이라고 하지 않고 그런 단어를 썼다)의 종류와 간격, 화장실 청소 방법, 주의 사항 몇 가지를 설명하고 그걸 또 상세하게 적은 종이를 주었다. 그동안 고양이는 소파 위에서 자기는 관계없다는 얼굴로 편히 쉬고 있었다.

"참, 그리고."

그는 나를 침실로 데려가 옷장을 열었다. 작은 옷 상자 안에는 장난감이 몇 개 들어 있었다.

"최근에 맘에 들어 하는 건 이거야. 여기에 넣어둘 테니 놀고 싶을 때 꺼내."

작은 막대에 매달린 실 끝에 파란 깃털이 세 개 달려 있다. 고양이 장난감이다.

"요령이 필요해. 팔랑팔랑 보여준 뒤 이렇게 휙휙……."

그는 깃털을 마루에 가볍게 친다. 마치 새가 지면을 걸어가듯이.

"그리고 올려!"

퍼드덕 깃털이 춤추듯이 올라간다. 역시 새가 날아오르는 모습이다. 그는 상자 안에 장난감을 넣고 비밀 병기라도 숨긴 양 씩 웃었다.

"알겠지?"

"알았어, 기억해둘게."

놀고 싶을 때가 있을지는 모르겠지만.

거실로 나오니 고양이는 소파가 아니라 마루의 고양이용 쿠션 위에 몸을 둥글게 말고 있었다. 이 상황을 어디까지 알고 있을까? 요컨대, 좋아하는 집사가 며칠 없는 대신 모르는 여자가 여기서 머문다는 걸 알려나.

"그럼 갔다 올게."

그는 고양이 머리를 살살 쓰다듬었다. 고양이는 눈을 감고 움직이지 않는다.

"이 언니, 의외로 상냥한 사람이야."

고양이한테서 손을 뗀 그는 나를 가리키면서 그렇게 말하고 거실을 나간다. 의외로라니, 뭐가? 현관문에서 "잘 부탁해!"라는 목소리가 들렸다. 현관까지 배웅할까도 생각했지만 그만뒀다. 그런 신혼부부 같은 짓을 하면 어쩐지 잘못될 것 같다. 그는 고양이 집사로서 부탁했을 뿐이고 나는 일터로서 여기를 '빌릴' 뿐이다. 딱딱하게 "응"이라고만 답하고 소파에 앉았다. 그리고 현관문이 닫히는 순간 "잘 갔다 와"라고 했다. 들었는지 아닌지 모르지만 상관없다.

테이블이 넓다.

질리도록 사용했던 부엌 테이블인데, 나는 그 사실에 조금 감탄했다.

지금 사는 원룸은 침대 옆에 낮은 접이식 테이블밖에 둘 수 없다. 식사도 서류 작업도 대부분 그 위에서 해야 한다. 마루에 앉는 것보다 이렇게 의자에 앉는 쪽이 일하기 모드로 전환하기 좋다.

노트북을 켜고 자료와 책을 펼쳐 꽤 일에 집중했다. 홈페이지 만드는 업자를 검색하거나 내가 어디까지 할 수 있는지 생각해보거나 온라인 판매 사이트 개설 방법을 찾아보거나……. 대표에게 알기 쉽게 설명할 수 있도록 기획서를 만들자.

워드 앱을 열고 문장을 작성하다가 문득 시계를 본다.

어느새 고양이 밥시간이다. 하루에 두 번. 아침밥은 주었다고 했다.

고양이는 마루 위에서 털을 고르고 있다. 그건 그렇고 고양이가 이렇게 잘 자는 생명체인 줄은 몰랐다. 하루 내내 대부분 자고 있고 가끔 눈을 뜨면 계속 몸을 할짝할짝 핥는다.

저녁이 되니 고양이는 방을 어슬렁대기 시작했는데, 그가 없어서 쓸쓸해하거나 내 존재를 싫어하는 것 같지는 않다. 하지만 내가 다가가면 움찔 방어하는 자세를 취한다. 기분이 썩 좋지는 않다. 나는 지금 네 밥을 준비하려는데, 그렇게 경계하지 말라고.

"뭐가 무서워. 그냥 날 잘 모르는 거잖아."

기분 나빠서 나도 모르게 말이 입으로 나온다. 내가 고양이에게서 멀어지면 고양이는 언제 그랬냐는 듯한 표정으로 다시 털을 고른다.

하지만 알 것도 같다. 모른다는 건 무서운 일이다.

고양이 접시 위에서 캣푸드 봉지를 열며 그렇게 생각했다. 알게 되면 더는 무섭지 않은 일들이 많이 있다.

"저녁밥이야."

나는 그가 설명한 장소에 접시를 둔다. 소파 옆에 있는 작은 공간이 고양이의 '식탁' 같다.

고양이는 내가 충분히 멀어지길 기다린 뒤 접시 쪽으로 달려가서 와그작와그작 소리를 내며 식사한다.

나도 뭔가 먹어야 한다. 어쩌다 보니 점심을 먹지 못했다. 부엌으로 가서 냉장고를 열었다. 그는 음식 재료를 마음껏 사용해도 된다고 말했지만 아무래도 좀 그렇다.

본 적도 없는 소스, 반쯤 남아 있는 잼병. 이제 이 냉장고는 그 사람만의 것이다.

냉장고 문을 닫고 목욕을 먼저 하기로 했다. 오늘 저녁은 이따가 시켜 먹자.

세면대도 욕조도 내 몸을 두기엔 뭔가 '부자연스러운' 느낌이 든다. 그건 내가 쭉 사용해왔던 '반쪽'이 아니기 때문이다. 그의 치약, 그의 샴푸, 그의 면도기. 전부 한 사람분.

여자가 다녀간 흔적은 없었다. 없앴는지도 모르지만 그렇게 치밀한 성격도 아니고 그럴 필요도 없다. 애초에 그런 사람이 있다면 나에게 고양이를 부탁하지 않았을 것이다.

아아, 그러나 교토에 애인이 있을 수도 있지 않을까?

욕조에 물을 받는다. 보글보글 투명한 물방울이 올라와 나는 그걸 멍하니 바라본다.

왜 헤어졌지?

내가 "더는 못 하겠어!"라고 소리친 적은 몇 번이나 있었다. 그때마다 어떻게든 다시 농담하고 서로 웃으면서 일상으로 돌아왔는데 그때만은 달랐다.

그 사람과 함께 있어도 이제 마음이 설레지 않는다고 여겼다. 더 이상 새로운 발전은 바랄 수 없다고 생각했다.

서로 자신이 가야 할 길을 쭉 모색해왔던 것 같다. 그러나 좀처럼 착지할 수 없었고, 그러는 동안 우리는 영문도 모르고 '찾고 있는 것이 무엇인지를 찾는' 듯한 괴로움을 계속 느꼈다.

왜 그와 살고 있을까? 그 질문의 답을 생각했을 때 그냥 단순히 혼자가 되는 것이 싫었을 뿐이라는 결론밖에 나오지 않았다. 타성 때문에 관계를 지속해나가는 건 아무런 의미가 없다고 생각했다. 릴리알에서 하는 일이 좋은 궤도에 오르기 시작해서 약간 우쭐해진 면도 있었다. 작은 말다툼이 일어났을 때 나는 기세 좋게 말했다.

"이렇게 오랫동안 함께 있으니 아무 발전이 없는 것 같아. 앞으로의 인생은 나 혼자서 제대로 해보고 싶어."

그는 나를 잡지 않았다.

잠시 웃더니 시원스레 수긍했다.

그러고 싶다면 어쩔 수 없다면서. 응원한다고도 했다.

그 말을 듣는 순간 생각지 못한 상실감을 느꼈다. 솔직히 말하면 굉장히 동요했다. 잡을 줄 알았다. 그런데 그건 순진하고 어리석은 생각이었다. 그 사람의 마음도 이미 끝났던 걸까?

그때부터 일은 빠르게 진행되었다. 나는 차분하게 잘 알아보지도 않고 원룸을 덥석 계약해서 이 집을 나갔다. 그와는 꽤 오래전에 만났을 뿐인 부모님은 불평을 늘어놓았다.

"소우 씨가 있으니 그래도 괜찮다고 묵인하고 있었는데, 아카네, 너 쉰이나 먹고 혼자서 어떻게 하려고 그러니."

어떻게 되지 않아. 나는 나일 뿐이야. 쉰이니까 홀가분하게 내 인생을 제대로 살아보려는 거야.

······그랬는데.

기세 좋게 쏟아지는 물소리가 찰방찰방 욕실에서 메아리친다.

다음 날, 2월 1일.

고양이의 아침밥을 준비해 소파 옆에 접시를 두니 쪼르르 다가온다.

내가 아직 그곳에 웅크리고 있는데도 접시에 얼굴을 박고 있다. '밥을 주는 사람'으로서의 신뢰는 얻은 것 같다.

근처 슈퍼마켓에 가서 간단히 장을 봤다. 오고 가는 길도 슈퍼마켓도 예전과 똑같아 보이지만 조금씩 변했다. 단 1년 만에 새로운 건물이 생겼고 가게 안의 동선이 바뀌었다. 시간이 흘렀다는 묘한 감개에 젖었다.

아파트로 돌아와 문을 열었더니 현관에 고양이가 있어서 깜짝 놀랐다. 나를 올려다본다.

소리로 집사와 착각했나? 일단 "다녀왔어"라고 말을 걸었지만 대답 없이 그대로 앞발을 날름날름 핥기 시작한다. 무슨 생각인지 알 수가 없다.

약간 유기질적인 냄새가 난다. 그러고 보니 화장실 청소가 떠올랐다. 사 온 음식 재료를 먼저 정리하고 그가 놔둔 설명서를 다시 한번 읽었다.

누군가를 위해 움직이는 건 오랜만이다. 손님 응대도 물론 마음을 다해서 하지만 그것과는 또 다른 부분이 움직인다. 전혀 고통스럽지 않았고…… 그러기는커녕 삽으로 고양이 화장실 모래를 쑤실 때는 뭔가 채워지는 듯한 느낌도 들었다. 한 푼도 받지 않고, 고양이가 고맙다고 말해주지도 않고, 또한 그런 걸 전혀 바라지도 않는다.

수의사가 추정한 나이가 아홉 살이라고 했던가. 청소를 마치고 손을 씻은 뒤 휴대전화로 간단히 검색해본다.

고양이 나이 아홉 살, 인간 나이로 치면.

"쉰두 살?"

표시된 숫자를 보고 소리 내 웃었다. 나와 거의 비슷한 나이다.

고양이를 보니 어느새 쿠션 위에서 꾸벅꾸벅 졸고 있다.

그 평화로운 광경에 마음이 푹 놓였다. 나와는 관계없어도 그 '안심'을 보고 '안심'할 수 있었다. 나는 적어도 고양이에게 적이 아니라고 승인받은 것 같다.

부엌에서 달걀 프라이를 하고 토스터로 식빵을 구웠다. 브로콜리를 데치고 방울토마토를 곁들인다. 아침 와이드 쇼를 보면서 뜨거운 밀크티와 함께 그걸 천천히 먹었다.

빠른 박자의 광고 음악이 흐르자 고양이는 번쩍 눈을 뜨고 고개를 들었다. TV 화면을 가만히 본다. 좋아하는 노래인가? 그러더니 소리도 내지 않고 거실을 걸어 다니다가 의자에 앉아 있는 내 종아리에 옆구리를 쓱쓱 문지른다.

"어, 뭐야?"

갑자기 그런 일을 당하니 적잖이 당황스러워서 망설이다

가 고양이의 등을 살며시 쓰다듬었다.

귀 뒤의 상처가 보인다. 이제 완전히 각인돼 고양이의 일부가 되었다.

무슨 일이 있었니? 많이 아팠어? 무서웠니?

그 나이까지 살아왔으니 뭐, 많은 일이 있었을 거야.

몸을 쓰다듬자 고양이는 내 다리에 달라붙으면서 흔들흔들 천천히 꼬리를 흔들었다. 그리고 예고도 없이 갑자기 획 몸을 떼곤 저만치 가버린다. 정말이지 제멋대로다.

나는 식기를 겹쳐서 부엌으로 가져갔고 식후의 항불안제를 먹었다. 나는 언제까지 이 약을 먹어야 할까? 어떻게 하면 다 나았다는 확진을 받을 수 있을까? 상처나 종양과 달리 눈에 보이지도 않고 어떤 수치가 나오는 것도 아니다.

야옹. 집 어딘가에서 소리가 났다. 거의 울지 않은 고양이인지라 이 집에 와서 처음 들었다. 저런 소리구나 하고 생각하고 있는데 다시 '야옹' 하고 운다.

"혹시 나 부르는 거니?"

그렇게 말하면서 소리 나는 쪽으로 가니 고양이는 침실에 있었다. 옷장 앞에 웅크리고 앉아 나를 쳐다본다. 확실히 뭔가를 어필하고 있다.

어쩌면?

나는 옷장을 열었다. 고양이는 옷 상자를 쳐다본다. 역시.

거기에 가장 좋아하는 장난감이 들어 있는 걸 알고 있다.

상자 뚜껑을 열고 파란 깃털의 강아지풀 같은 장난감을 꺼내자 고양이는 흥분해서 빙글빙글 돌기 시작한다. 그때 마침내 내 착각을 깨달았다.

그 사람이 말했던 '놀고 싶을 때'는 고양이 얘기였다는 걸. 내가 아니라.

여기서는 고양이의 자유 의지가 가장 존중받고 있다. 고양이가 자고 싶으면 자고 먹고 싶으면 먹고 놀고 싶으면 논다.

그 사람이 알려준 대로 깃털이 바닥을 쓸듯이 움직이고 그걸 고양이가 앞발로 잡으려 할 때 확 위로 올렸다. 격하게 반응하며 달려드는 고양이의 눈이 커진다. 저렇게 새치름한 얼굴을 한 고양이여도 속에는 뜨거운 사냥 본능이 새겨져 있다. 나는 파란 새를 쫓는 고양이를 애태우면서 위로 아래로 오른쪽으로 왼쪽으로 마법사처럼 막대를 움직였다.

그렇게 쉽게는 붙잡히지 않아. 쉽사리 네 것이 되진 않아.

그러나 고양이의 열정이 무서웠던 걸까? 내 체력이 워낙 없었던 걸까? 도중에 피곤해져서 고양이에게 장난감을 양보했다. 어설픈 마법사다.

고양이는 한동안 깃털을 앞발로 잡거나 물어뜯더니 얼마 안 가 싫증이 났는지 마루에 팽개친 채 털을 고르기 시작한다. 그리고 그것마저 끝내더니 쿠션까지 천천히 걸어가서 어느새 잠들었다.

겨우 파란 새가 손에 들어왔는데.

저녁 전에 기획서를 완성했다.

프린터 좀 써도 되겠지. 기종을 바꾸지 않았으면 USB 메모리에서 직접 인쇄할 수 있다.

나는 그가 사무실로 사용하는, 침실과는 다른 방의 문을 열었다.

그가 프리랜서로 디자이너로 일하기 전까지는 이 방을 둘이 함께 사용했다. 내가 책상에서 사무 작업이나 공부를 한 적도 있었고 책장은 공용으로 사용했다.

그러다가 조금씩 그 사람 전용 방처럼 되면서 거실과 부엌으로 쫓겨난 기분이 들었던 것도 분명하다.

프린터는 전과 똑같았다. 전원을 켜고 USB 메모리를 꽂아 일곱 매짜리 기획서를 인쇄한다. 인쇄된 면을 확인하고 무심히 책장을 둘러보았다.

헤어질 때 내 책을 전부 골판지 상자에 넣고 둘러보니 책장의 반 이상이 비었었는데, 지금은 다시 책이 빽빽이 들어차 있다.

디자인 소프트 해설서, 화집, 사진집, 요리책, 인테리어 잡지, 문고판, 소설책, 만화책, 도감, 그림책, 사전, 컬러 차트

등등.

모든 장르의 책이 저마다 그 사람다운 냄새를 풍기며 빼곡히 들어찼다. 책장에 틈을 만들지 않으려고 힘껏 채운 것이 아닐까 싶을 정도다.

문득 한 단을 사용해서 쭉 꽂아놓은 만화책이 눈에 띈다. 이전부터 좋아해서 모으던 시리즈다.

《상점가의 온더록스》, 작가는 다카시마 츠루기.

다카시마 츠루기는 작년 '야츠카 츠토무 문화상'에서 만화 대상을 수상했다. 만화의 신이라고 불리는 거장의 이름을 딴 그 상은 그해 사람들에게 가장 많이 사랑받은 작품에 수여한다. 《상점가의 온더록스》는 원래 다카시마의 대표작이었는데 재작년에 영화로 만들어져 대박이 났고, 그게 기폭제가 돼 독자들이 대폭 늘었다. 이미 몇 년 전에 세상에 나온 작품이 이 상을 받은 것은 처음 있는 일이고, 지금도 여전히 연재되고 있는 듯하다.

나는 프린터 위에 기획서를 두고 책을 한 권 뺐다.

펼친 순간 종이가 풀썩 떨어진다. 뭘까?

주워보니 네 번 접힌, 잡지의 컬러 페이지다.

펼쳐보니 그리움이 밀려온다. 아, 이건 나도 읽은 적 있다. 꽤 오래전에 발행된 《DPA》라는 남성용 비즈니스 잡지에 실린 대담이다. 그가 맘에 든다며 좋아하던 것을 기억한다. 이런 곳에 끼워놓았을 줄은 몰랐다.

조명이 어두운 카페에서 찍은 컬러 사진. 둥근 테이블을 두고 비스듬하게 마주 보듯이 앉은 다카시마 츠루기와 제자인 스나가와 료. 두 사람 사이의 벽에는 초상화가 걸려 있다.

빨간 옷을 입은 긴 머리 소녀. 빨강과 파랑 물감만 사용한 그 수채화는 멋진 액자에 들어 있다.

사진 아래에 설명이 붙어 있다.

'잭 잭슨 작 〈에스키스〉 앞에서.'

잭 잭슨은 호주인이다. 호주뿐만 아니라 일본에서도 몇 번이나 개인전을 열었다.

《DPA》에 기사가 실렸을 때는 아직 아는 사람이 그리 많지 않았으나 지금은 TV나 잡지에서도 가끔 보이는 인기 화가다. 최근에 그는 쉰이 되었다고 인터뷰에서 대답했다. 《DPA》의 기사 아래에 있는 발행 연도를 보니 딱 10년 전이다. 말하자면 이때부터 벌써 10년이 지난 것이다.

나는 빨간 옷 소녀를 바라본다. 가슴팍에는 파란 새 브로치. 애처로운 듯도 설레는 듯도 한 촉촉한 눈동자.

나는 그 종이를 네 번 접어 다시 만화책에 끼워둔다.

그림이란 참 대단하다. 초상화 속 소녀는 변함없이 소녀인 채로다. 영원히 계속.

2월 2일.

아침이 왔다. 커튼을 열고 바깥 경치를 바라본다.

상쾌하게 맑은 하늘이다.

고양이에게 아침을 챙겨주고 나도 토스트에 햄을 올려 식사와 복약을 끝냈다. 빨간 니트를 입고 화장을 하고 집을 나섰다.

핸드백에 생수병도 넣었다. 손수건과 다이어리, 지갑 외에 비상약, 껌, MP3 플레이어, 문고판 책. 그리고 파일에 넣은 기획서.

대표에게 아무 말도 하지 않고 릴리알에 가보기로 했다.

지하철은 탈 수 있었다. 다음 역까지 시간이 긴 급행은 보내고 역마다 서는 완행을 탔다. 음악을 들으며 가사를 머릿속으로 생각했다. 여차하면 약을 먹을 생수도 있다. 모든 게 준비되었다는 안심을 부적 삼아 근처 역까지 무사히 도착했다. '극복'이라는 단어가 이렇게 딱 들어맞기는 또 처음이다. 역 정거장을 걷자 슬며시 웃음이 났다.

릴리알에 도착해 문을 열고 들어가니 모르는 여자가 카운터 안에 있다.

"어서 오세요."

상냥한 미소가 당황스러웠다. 서른 살 정도로 보인다. 풍성하게 파마한 갈색 머리와 체크 블라우스가 귀엽다. 분위기가 이 가게와 잘 어울린다.

심장을 스치는 감촉에 나도 모르게 멈춰 섰다.

그때 마침 사무실에서 대표가 나왔다.

마음이 놓여 인사하니 "어머!" 하고 자그맣게 소리치며 나에게 걸어왔다.

"불쑥 죄송해요. 잠시 이야기할 수 있을까 해서요."

내가 말하자 대표는 바로 고개를 끄덕였다.

그리고 다시 한번 사무실로 돌아가 핸드백을 들고나와 카운터에 있는 여자에게 나를 소개했다. 여자는 나에 관한 이야기를 들은 듯 "아아" 하고 고개를 살짝 숙였다.

대표는 여자의 어깨를 탁 치면서 말했다.

"얘는 내 조카야. 결혼하고 일을 관뒀는데 집에 있기 심심하다고 해서 도와달라고 했거든."

결국 나 대신이다. 이쯤에서 인사해야만 한다.

"저 때문에 죄송해요. 감사합니다."

"아니에요. 저도 재미있어요."

그 이상의 대화를 끊듯이 대표가 내 등을 민다. 그리고 조카를 향해 "잠시 차 마시고 올게"라고 했다.

릴리알 근처 카페에서 대표와 마주 앉았다.

커피가 아직 나오지 않은 틈에 파일을 꺼냈다. 가게 홈페이지 리뉴얼과 온라인 판매 제안. 기획서를 보여주면서 일사천리로 설명했다.

대표는 "응, 응" 하며 차분히 맞장구를 쳤고 도중에 커피가 나와 조용히 두 모금 정도 마셨다. 내가 말하는 동안 표정은 쭉 변함없었고 아무 질문도 하지 않았다.

반응이 약하다. 나는 필사적으로 설명한다.

좀 전에 본 조카 얼굴이 떠오른다. 릴리알에는 그런 사람이 어울린다. 대표에게도 이런 성가신 병을 가진 나보다 행복하게 심심해하는 건강한 집안사람 쪽이 당연히 더 편할 것이다.

혹시 잘릴지도 모른다. 이렇게 밖으로 데리고 나온 건 그런 이야기일지도 모른다.

내가 설명을 끝내고 겨우 컵으로 손을 뻗자 대표는 다시 기획서를 한 번 읽더니 얼굴을 들었다.

"잘 쓴 기획서네. 꽤 조사했겠지?"

"……네!"

다행이다. 칭찬받았다. 온몸의 긴장이 풀려 후유 숨을 내쉰다.

대표는 천천히 말했다.

"있잖아, 사실은 나도, 생각을 좀 했거든. 이 기획서를 보니 역시 그러는 편이 좋다는 확신이 들어."

대표는 커피를 마시고 다시 나를 본다.

"유급 휴가 끝나면 출근 안 해도 돼."

"……네?"

"당분간 꼭 휴직해. 잠시 휴가를 줘도 이렇게 일을 해버리잖아."

그건…… 사실상의 해고라는 말인가? 머릿속이 새하얘졌다. 대표는 나에게 사직을 종용하는 건가.

싫다. 그건 절대로 싫다. 나는 고개를 옆으로 흔들면서 몸을 앞으로 내민다.

"출근하게 해주세요. 괜찮아요. 약을 먹고 대책을 찾으면……. 저는 할 수 있어요."

"생각만 가지고는 몸이 쫓아가지 못해. 악화시키지 않는 게 좋아."

"그럼 영국에 매입하러 가는 건요?"

"지하철도 겨우 타면서. 비행기는 도중에 내릴 수도 없어."

목소리에 힘을 실은 대표의 눈이 날카롭게 나를 쏘아본다.

억지스러운 이야기는 아니다. 아무리 개인이 경영하는 릴리알이라도 맞지 않는 종업원을 고용할 여유는 없다. 나는 이대로 버려진 것이다.

아랫입술을 깨물고 떨리는 주먹을 꽉 쥐었다.

그토록 열심히 했는데, 뭐가 잘못된 걸까? 왜 이렇게 되어 버렸나.

"지금 내가 할 수 있는 중요한 말은……."

대표는 그렇게 말하며 내 손 위에 자기 손을 올렸다.

"살아야 해."

나는 놀라 얼굴을 들었다.

대표가 감싸 안는 듯한 미소를 짓는다.

"어쨌든 살아야 해. 그러면 돼. 그러면 언젠가 영국도 프랑스도, 어디든 갈 수 있어. 일도 잔뜩 할 수 있어. 릴리알과 관계가 있든 없든. 하지만 지금은 아니야. 때가 되면 많은 것이 변할 거야. 언제까지나 똑같은 상황 따위는 하나도 없어. 당신도, 나도 이 세상도."

그리고 내 손을 잡듯이 힘을 주었다.

"기다릴게. 당신의 바이어 능력을 사고 싶어. 그러니까 몸이 회복되었다는 의사의 확진이 떨어지면 다시 함께 일해줘. 그때의, 그 상황에 맞는 가장 좋은 형태로."

아아, 하고 숨이 새어 나온다.

난…… 나는, 버려진 게 아니다. 이렇게 신뢰받고 있다.

지금까지 하던 대로 일하기 어려운데도 억지로 추진하려

다가 많은 것들이 무너질지도 모른다.

앞으로도 쭉 계속하기 위해서라도 지금은 멈추자. 대표의 경영자로서의 배려를, 인간으로서의 배려를 감사하게 받아들이자고 생각했다.

대표는 가볍게 턱을 괴고 먼 곳을 보듯이 말했다.

"인생은 한 번뿐이니까 맘대로 살아야 한다고들 하잖아. 나는 그 말이 참 무서운 말이라고 생각해. 한 번뿐이라고 생각하면 마음대로 할 수 없거든."

뜻밖이라는 생각에 나는 놀랐다.

"대표님은 맘껏 사는 사람이라고 생각했어요."

그러자 대표는 소녀처럼 재미있다는 듯이 웃었다.

"물론 맘껏 살지. 그렇지만 있잖아, 난 말이야, 인생은 몇 번이나 있다고 생각하거든. 어디서라도 어떤 식으로도, 새롭게 시작하는 게 가능하다고 말이야. 그런 사고방식이 좋아."

그렇다면 이해가 된다. 이 사람답다. 굉장히.

대표는 자신을 안는 듯한 몸짓으로 두 팔을 잡는다.

"다만 인생은 몇 번이나 있지만 그걸 경험할 수 있는 이 몸은 하나뿐이야. 그러니까 될 수 있는 한 오래 간직해야겠지?"

문득 털어놓고 싶어졌다. 누구에게도 말하리라고는 생각하지 않았던 말을.

"대표님, 저기."

"응?"

"끊어진 것 같아요."

2월 2일.

작년에 마지막으로 생리한 날이다. 마지막 생리일로부터 1년 동안 없으면. 그게 폐경의 증거다.

조금씩 간격이 길어지기 시작하다가 타이밍을 예측할 수 없다는 걸 느꼈다. 3월, 4월, 5월……. 기다려도 시작하지 않았다. 그래서 일정표의 2월 2일에 별표를 쳤다. 그게 오늘이다.

분명했다. 나는 이제 내 몸 안에서 저절로 나오던 붉은 피를 볼 수 없다.

대표는 내 말을 금세 이해하고 힘차게 주먹을 쥐어 파이팅 포즈를 취했다.

"고생하셨습니다!"

나도 모르게 웃음이 나왔다.

고생하셨습니다. 공포와 탄식이 평온함으로 바뀐다.

2월 2일까지의 초읽기. 나는 뭔가가 끝나버렸다고 생각했다. 그러나 틀렸다. 앞으로도 이 몸 하나로 다양한 일을 계속 경험할 것이다.

정말로 긴 세월 동안 고생했다. 나도 내 몸도.

내 배에 가만히 손을 댄다. 앞으로 어떤 일을 함께할까? 몇 번이고 찾아오는 새로운 인생에서.

"어머, 고양이 털?"

대표가 내 팔을 보더니 말했다. 깜짝 놀라 그 시선을 따라가니 붉은 니트에 하얀 털이 붙어 있다. 역시 무서울 정도로 눈썰미가 좋다.

"키우기 시작한 거야? 그 집은 동물 키워도 돼?"

"아뇨, 이건 저기……."

당황하며 털을 떼어내는 나에게 대표는 미소를 지었다.

"잘 키워. 함께하는 따뜻한 생명체니까."

대표와 헤어지고 역까지 걸어갔다.

횡단보도 앞에서 초록색 신호등이 깜빡이기 시작한다.

뛰어갈까 하다가 관뒀다.

켜졌다 꺼지는 초록 불빛을 그냥 바라본다. 생각해보면 나는 늘, 언제나 달렸다. 여기서 서둘러 건넌다고 대단한 차이도 없는데.

기다리는 시간이 아까워서 멈춰 있고 싶지 않았다.

횡단보도만이 아니다. 나는 항상 서둘렀던 것 같다.

어서, 빨리빨리빨리.

도대체 왜 조바심이 났던 걸까? 어느새 몸에 밴 강박 관념이었는지도 모르겠다.

착각하고 있는 '뇌'를 안심시키기에는 조금 시간이 걸릴 것 같지만 적어도 앞으로는……

멈춰 서서 누군가에게 물을 내미는, 그런 사람이고 싶다.

신호가 빨강으로 바뀐다.

그 아름다운 색과 마주 보면서 심호흡했다. 크게, 천천히.

2월 3일.

점심을 먹은 뒤 소파에서 책을 읽고 있으니 졸음이 쏟아진다. 고양이도 쿠션 위에서 자고 있다. 누워서 꾸벅꾸벅 조는데 현관 문소리가 난다.

그가 돌아온 것이다. 예정은 저녁이었는데 일찍 도착한 듯하다.

몸을 반쯤 일으키니 고양이가 현관으로 달려간다. 기선을 제압당해 나는 다시 누웠다.

다녀왔어! 착하게 있었어? 아이코 예뻐라. 보고 싶었어.

현관에서 그 사람의 기쁨에 찬 목소리가 들린다. 고양이를 쓰다듬는 모습을 쉽게 상상할 수 있다.

나는 "잘 다녀왔어"라고 하기 좀 겸연쩍어서 자는 척하기로 했다. 그는 거실로 다가와 "어" 하고 소리를 낸다. 눈을 감고 있어도 그가 소파 쪽으로 걸어오는 걸 알 수 있다.

살며시 앞머리를 만진다.

움직이지 않고 있으니 그대로 머리를 쓰다듬었다. 고양이에게 하듯이.

그리고 금세 손을 떼고 발밑에 있던 담요를 나에게 덮어주고 거실을 나갔다. 다행이다. 계속 그곳에 있지 않아서.

인내심의 한계였다. 눈물이 주르르 흘렀고 나는 울었다. 주르륵주르륵.

그리고 그대로 진짜 잠이 들었다. 완전히 편안하게.

저녁에 눈을 뜨자 그가 소파 테이블 앞에서 TV를 보고 있었다.

잠든 나를 배려해 조명을 낮추고 이어폰을 낀 채 뉴스를 본다. 나는 일어나서 거실 조명 스위치를 켰다.

그는 화들짝 내 쪽을 돌아보더니 이어폰을 뺐다. 그리고 '기념품'이라며 생야츠하시*를 내밀었다.

"고마워. 잘 다녀왔어?"

나는 얼렁뚱땅 얼른 그렇게 말했다.

소파 테이블 위에는 그 외에도 과자 봉지와 빨간 귀신** 가면이 있었다. 내 시선을 알아챈 그가 묻지도 않았는데 설명

* 얇은 찹쌀로 된 떡 피에 팥소 앙금을 넣어 삼각형으로 접은 일본 전통 과자.
** 일본의 도깨비 귀신. 사람 형태를 하고 뿔과 큰 송곳니가 있으며 인간을 잡아먹는다고 한다.

한다.

"슈퍼마켓에서 콩을 샀더니 붙어 있었어."

그러고 보니 오늘은 절분(節分)*이다. 그는 과자 봉지를 열었다. 안에는 몇십 알씩 콩을 넣은 작은 봉지가 가득 차 있다. 작은 봉지째로 던지고 나중에 그 안의 콩을 먹는 것이다.

작은 봉지 겉면에 인쇄된 '입춘대길'. 볶은 콩이 봄이 왔음을 알린다.

"다 같이 성대하게 콩 뿌리기를 하고 싶었는데 마루에 그대로 콩을 뿌리면 고양이가 먹을까 봐 이걸로 샀어. 찾아보니 입춘 전날 뿌리는 콩이 고양이에게는 좋지 않대."

"다 같이라니?"

"당연히 우리 셋이지."

그는 가면을 오른손에 들고 왼손으로 나와 고양이와 자신을 가리킨다.

골판지로 만들어진 가면은 양쪽 끝에 구멍을 뚫어 고무줄을 넣게 되어 있다. 귀에 걸 수 있도록 만든 것이다.

나는 일어나서 부엌 벽의 고리에 걸린 노란 고무줄 두 개를 갖고 와서 건넸다. 그는 요령 좋게 구멍에 고무줄을 넣고 가면을 완성했다.

---

* 2월 3~4일경 입춘 전날을 말함. 일본에서는 이날 귀신 가면을 쓰고 콩을 뿌려서 잡귀를 쫓는 행사를 연다. 이후 나이만큼 콩을 먹는다.

"자, 이거 써."

"어?"

그가 빙그레 웃으며 가면을 내민다.

"왜 내가 가면을 써?"

그렇게 말하면서 내가 가면에 단 노란 고무줄을 귀에 거니 그는 "어차피 할 거면서"라고 말하며 웃는다.

눈 부분에 둥글게 뚫린 작은 구멍은 시야가 좁다. 빨간 귀신이 된 나를 보는 그의 모습만 망원경으로 들여다보는 것처럼 보인다.

"잘 어울려."

진지하게 말한다. 화가 나서 가면을 벗어 그에게 준다.

그는 웃으며 가면을 손에 들며 말한다.

"파란 가면도 있었어. 그런데 어쩐지 파란 귀신은 인상이 무섭지 않더라."

"그랬어?"

"응.《울어버린 빨간 도깨비》이미지 때문인가 봐."

일본 동화다. 마을 사람들과 사이좋게 지내고 싶은 빨간 도깨비 귀신을 위해 파란 도깨비 귀신이 일부러 악당이 되었고, 마지막에 빨간 귀신 곁에서 갑자기 사라진다. '잘 있어'라고 쓴 벽보 한 장만 달랑 남기고.

"……나는 그 이야기, 좋아하지 않아."

자기희생과 헌신, 우정이 그 이야기의 주제일터. 미담으로 받아들이는 게 정답이다.

하지만 나는 그 파란 귀신이 뻔뻔하다고밖에 생각되지 않는다. 갑자기 그런 식으로 없어지다니.

"파란 귀신이 빨간 귀신에게 남긴 벽보라는 게, 너를 위해 나는 몸을 숨긴다는 내용이잖아? 하지만 내가 빨간 귀신이라면 '분명 거짓말이야. 나를 싫어하는 거야'라고 생각할 거야. 사실은 자기가 떠나고 싶었던 거 아니냐고, 전부터 그런 기회를 노렸던 거 아니냐고 말이야."

물론 빨간 귀신도 어리석다. 파란 귀신에게 투정을 부렸고, 뭐든지 원하는 걸 다 들어주는 파란 귀신이 자신을 떠나지 않을 거라고 낙천적으로 생각한 것이 잘못이다.

그는 가면을 들고 고개를 갸웃거린다.

"그런가? 나는 파란 귀신의 말을 액면 그대로 받아들였는데. 빨간 친구를 정말로 좋아했다고 생각해. 그래서 자신과 헤어져 자유롭게 되길 바란 거야. 빨간 귀신이 그게 더 행복하다면 그걸로 좋다고 생각하면서……."

어색한 침묵이 흘렀다.

고양이는 느긋하게 털을 핥는다. 어쩐지 그 침묵이 견디기 힘들었다.

"몰라. 갑자기 없어지다니, 비겁해."

나는 콩 봉지를 하나 그에게 던졌다.

"없어진 건 너잖아. 나는 어디에도 안 가. 여기에 있어."

그도 나에게 던졌다.

나를 바라보는 그 눈동자가 무서울 정도로 올곧았다.

나는 얼굴을 피했다.

"《울어버린 빨간 도깨비》의 파란 귀신을 말하는 거야."

그는 이 말에는 대답하지 않고 잠시 말이 없다가 무슨 생각인지 옷걸이에 가면을 달아 벽에 걸었다.

코믹한 귀신 가면은 이쪽을 보고 바보처럼 웃고 있었다.

"어쩐지 화가 나."

나는 콩 봉지를 빨간 가면을 향해 던진다.

그도 내 옆에서 따라 던진다.

작은 콩 봉지를 전부 다 던진 뒤 마루에 떨어진 콩 봉지를 주워 다시 던진다. 자꾸만 되풀이해서.

귀신은 물러가라. 귀신은 물러가라.

나가. 나가, 나가.

내 안의 귀신. 약하고 쉽게 주눅 들고 의심하고 허세만 부리는 귀신.

고양이가 흥분해서 콩 봉지에 달려든다.

우리는 다 같이 성대하게 콩을 뿌렸다. 땀이 날 정도로 던졌다.

한참 뒤 그는 마루에 쪼그리고 앉아 웃기 시작한다.

"뭔가 후련해졌어. 이거 꽤 효과 있는데."

정말로 후련해졌다.

고양이가 마루에 떨어진 콩 봉지를 갖고 논다. 나는 부엌으로 가서 두 사람분의 녹차를 탔다. 트레이에 받쳐 들고 가니 그는 소파 테이블에서 생야츠하시 상자를 열고 있다.

차를 마시며 그가 콩 봉지를 하나 뜯었다.

"나이 수 더하기 1이었나? 이제 그렇게 먹는 거 힘들어. 나이가 들수록 이런 거 한 번에 많이는 못 먹는데 말이야."

그와 나는 나이가 같다. 51+1. 쉰두 개의 콩.

"콩을 달여서 마셔도 괜찮아. 그건 복차(福茶)라고 한대."

내가 말하자 그는 "진짜?"라며 재미있다는 듯 웃었다.

그 얼굴을 가까이서 보고 문득 생각이 나 말했다.

"그러고 보니 전에는 면도한 흔적이 파르스름해져서 걱정했는데 지금은 그렇지도 않네."

뺨에 손을 대며 그가 대답한다.

"사람마다 다르겠지만 삼, 사십대 땐 수염이 억세거든. 오십대는 털이 가늘어지거나 흰 수염이 섞여서 괜찮아진 것 같아."

이제 오지 않는 빨간 생리.

이제 파래지지 않는 면도 흔적.

우리는 이렇게 색을 잃어가는 걸까? 연갈색 볶은 콩을 보면서 멍하니 생각한다.

그는 와그작와그작 콩을 씹으며 쾌활하게 말했다.

"맛있다. 이 콩 엄청 좋은데? 색도 고급스럽고 예뻐."

응? 하고 나는 고개를 들었다.

"예쁘다고?"

"응. 예쁘잖아. 수수해서 확 눈에 띄지 않지만 확고한 자신을 가진 색."

그에게는 그렇게 보인다. 나는 콩을 손에 쥔다. 분명 수수하다고만 생각하던 그 연갈색이 생각보다 밝았고, 주눅 들지 않는 온화함이 있다.

어느새 다가온 고양이가 그의 무릎 위에 올라간다. 그리고 몸을 길게 늘인다.

흰색. 도화지 같다.

그 모습을 보고 깨달았다. 우리는 색을 잃는 게 아니다. 색이 없는 세계는 없다. 그때그때의 내가 가진 색으로 인생을 그려가는 것이다.

"나 말이야."

그가 불쑥 말을 꺼냈다.

"갤러리를 해볼까 해. 교토에서 화랑을 운영하는 지인이 경영 강좌를 열어서, 사흘간 이것저것 이야기를 들으러 갔다 왔어."

나는 놀랐다.

"그림을 사서 팔 거야?"

"응. 그럴 거야."

"앞으로 그런 일을 한다고?"

"응."

그는 한 치의 망설임도 없다는 듯이 고개를 끄덕이며 미소 짓는다.

"이제 지금의 나라면 할 수 있을 것 같아. 정말로 하고 싶었던 일을."

그리고 그는 한 호흡을 쉰 뒤 조용히 나를 바라본다.

"다시 여기서 살지 않을래?"

아무렇지도 않은 말투였다. 강하지도 않고 약하지도 않고 뜨겁지도 않고 차갑지도 않고.

"나는……."

입술에서 말이 흘러나온다.

"심료내과에 다녀."

그는 놀라지 않았다.

"그렇구나."

"응. 지하철을 타면, 숨을 쉴 수가 없어 무섭고, 여러 가지 일들이 불안해서 약을 먹고 있어."

그는 "그건 힘들겠다"라고 온화하게 수긍하며 이렇게 이어 말한다.

"하지만 누구에게든 일어날 수 있는 평범한 일이야. 내과 나 안과에 다니듯이. 지금 좀 몸이 안 좋은, 그런 거야."

대표와 거의 똑같은 말을 해서 깜짝 놀랐다. 정말로 그만 큼 평범한 일이다. 나는 건강할 때는 그런 걸 알지 못했다. 그는 언제 어떤 식으로 그걸 느낀 걸까?

"그런데, 혼자서 해보고 싶다고 나간 주제에 병이 들어서 여기로 돌아오는 건 너무 이기적이잖아."

나도 모르게 울고 있었다.

우리는 계속, 쭉 둘이었다. 다양한 곳에 가서 다양한 것을 보고 함께 놀거나 함께 일하거나 함께 생활했다.

질문 따위 필요 없었다. 둘이 보낸 나날 그 자체가 모든 대답이기에.

"나는…… 나는 자신도 없으면서 허세만 부리고, 이제 젊지도 않은데, 그런데도 늘 서툴러."

그는 풋 하고 재미있는 이야기라도 들은 듯이 웃었다.

"거참 기이한 우연이네. 나도 똑같은데."

말로는 표현할 수 없는 생각이 눈물과 뒤섞여 흘러내린다.

그와 있어도 마음이 설레지 않는다니. 앞으로 나아갈 수 없다니. 몰랐던 건 나다.

　이 사람이 내게 준 건, 그저 곁에 있는, 그 무엇보다 깊은
애정이었는데.

　"당당히 있으면 돼."

　그렇게 말하면서 그는 내 눈물을 손등으로 닦는다.

　"나는 너의 고상한 생명력을 알아, 레이."

　그의 손이 나의 뺨을 감싼다.

　눈을 감는다. 그리고 이번에는 놓치지 않도록 내 손을 포
갠다.

　내가 가장 좋아하는 네모난 부의 엄지손가락에.

에필로그

소우(蒼)라는 한자는 'Blue'라는 의미를 가진 듯하다.

"그래서 내 이름은 Blue야. I'm Blue."

그게 나와 그가 처음 대화했을 때 나눈 말이었다.

당시 화가 지망생이었던 스무 살의 나는 멜버른 시내에서 아르바이트를 몇 개나 하면서 수채화 위주로 그림을 그리고 있었다.

아르바이트하는 곳 중 한 곳이 화방이었다. 낡은 빌딩 1층에 온갖 그림 도구를 갖춘 작은 가게다.

언젠가 내가 그린 그림을 가게에 걸고 싶다고 가게 주인에게 부탁했다. 그 옆에서 화구 사용 방법을 보여주면 판매로 이어지지 않겠냐고.

가게 주인은 "좋아, 해봐"라고 허락했다. 그곳에서 그림을 팔 수는 없었지만 내 작품을 사람들에게 보여줄 기회가 조금이라도 는다면 충분히 감사한 일이다.

어쨌든 가난했다. 액자 따위 살 여유도 없었고 가게 상품을 빌릴 수도 없어서 창고에 굴러다니는, 먼지를 뒤집어쓴 액자에 그림을 넣었다.

가게에 건 첫 번째 그림은 야라강 풍경화였다. 강변 산책로의 여유로운 사람들, 늘어선 빌딩 숲, 청명한 하늘.

그 그림 앞에서 흥미롭다는 듯 서 있던 사람이 바로 그 남자였다.

그는 디자인 학교 학생이었다. 종종 가게에 들러서 서로 얼굴 정도는 알았다. 그는 한동안 그림을 보더니 하늘 부분을 가리키며 "이야기가 있는 파란색이네"라고 했다. 중얼거리듯이.

잭 잭슨. 그림 밑에 붙여놓은 이름표를 보곤 그게 내 이름이란 걸 알고 그도 자기소개를 했다. '소우'라는 한자를 종이에 써서 설명하면서.

"그런데 일본인은 다들 Blue를 '부루'라고 발음해."

그의 영어권 현지인 발음이 일본인에게는 "Boo"라고 들린다고 한다.

아임 부.

그러나 그건 그거대로 재미있는 닉네임이라며 그는 몹시 마음에 들어 했다. 일부러 자기가 'Boo'인 듯이 말했고 나도 재미있어서 '부'라고 불렀다.

부와는 그때부터 금세 친해졌다.

부의 부모님은 미술상이니 어릴 때부터 미술에 노출된 환경이었을 것이다. 부도 그림을 그렸던 것 같은데, 그리기보다 감상하면서 이런저런 것을 생각하는 게 적성에 맞는다고 했다.

어느 날 바비큐 파티를 끝내고 돌아가던 길에 화방에 들른 부가 들뜬 얼굴로 "멋진 일본인 여자애를 만났어"라고 말했다.

"들어봐 잭. 그 애 이름은 아카네야. 아카네(茜)는 Red라는 의미거든."

Red와 Blue. 빨강과 파랑.

"운명이지?"라고 부는 충혈된 눈으로 말했다.

그러나 거의 한눈에 반했음에도 불구하고 부는 수동적인 태도로 연락을 기다릴 뿐이었다. 교환 학생인 상대의 대학 이름은 들어서 알고 있고, 바비큐 파티 주최자를 찾아가면 만날 가능성이 있는데도.

"두려워."

부가 말했다.

"내가 먼저 뛰어들어서, 그 애가 있는 곳이 어떤 세상인지 모르는 거. 내 바다로 와준다면 환영할 거야. 그렇게밖에 사귈 수가 없어."

그렇게 말하는 부는 막다른 곳에 몰린 듯한 고통스러운 눈빛이라 옆에서 보는 내가 다 애달팠다.

2주일 후 상대가 전화를 걸어왔을 때, 기뻐서 어쩔 줄 몰라 하던 부의 모습이란.

더구나 저쪽에서 처음으로 청한 데이트 장소는 빅토리아 국립 미술관이다. 부가 자신감을 드러낼 수 있는 장소 중 하나다.

부는 신이 나서 상대에게 말장난으로 불쑥 "아카네는 Red 야"라고 말했단다. 그러자 여자는 놀란 얼굴로 "레이?"라고 되물었다고 했다.

일본인은 Red를 '렛도'로 발음한다고 한다. 여기서 또 정확하게 전달이 안 되는, 부의 현지인 발음 Red가 상대에게는 '레이'로 들렸던 것 같다.

그러나 부는 잘못 들은 것에 몹시 감동했다.

"레이란 이름이 그 애에게는 아카네보다 잘 어울리는 이름인 것 같아."

그리고 그건 상대에게도 편안한 울림이었던 것 같다. 그냥 처음에는 '멜버른에서만 쓰는 닉네임' 정도로만 생각했는지도 모르지만.

기한부 연애라고 부는 말했다. 레이가 일본에 돌아갈 때까지만 하는.

그래서 우린 현재를 소중히 여겨. 그걸로 괜찮아.

부는 늘 웃었다. 즐거운 듯이.

그러나 헤어지는 날이 점점 다가오자 그 웃는 얼굴에도 그늘이 보였다. 받아들이지 못하는 것이 내 눈에도 분명하게 보였다.

"잭, 그림 좀 그려줄래?"

새해가 되자마자 부가 말했다. 레이의 사진을 한 장 내밀면서.

"내 마음속에서라도 레이를 멜버른에 두고 싶어."

사진 속의 레이는 약간 화가 난 표정이었다. 길을 걸어가는 걸 불러서 뒤돌아볼 때 찍었다고 했다. 어쨌든 사진 찍히는 걸 싫어하고 함께 사진을 찍자고 하면 도망가버린단다.

검고 긴 머리카락. 만지면 손이 베이지 않을까 싶을 정도로 쭉 뻗은 직모.

"머리카락이 멋지다."

부에게 사진을 돌려주고 말했다.

"좋아. 나도 전부터 동양인 여성을 그리고 싶었어."

다만 시간이 워낙 없었다. 레이의 귀국은 열흘 뒤였다.

그래서 나는 에스키스만 그리겠다고 제안했다.

그러면 반나절만 있으면 된다. 나중에 천천히 붓을 잡고 완성하려고 했다.

그게 앞으로 내 화가 인생을 좌우하게 되리라고는 꿈에도 모른 채.

다음 주, 내가 사는 좁은 아파트로 둘이 찾아왔다.

레이는 부 뒤에서 조금 긴장한 기색으로 서 있었다. 피부가 투명할 정도로 하얗다. 길고 가는 머리카락은 찰랑찰랑 소리가 나는 듯했다.

나를 배려해서인지 부도 레이도 영어로만 말했다. 레이의 영어는 깔끔해서 알아듣기 쉬웠고 내가 하는 말도 거의 정확하게 이해하는 것 같았다.

둘은 닮았다.

얼굴 모양과 몸집은 다르다. 하지만 밝고 단단해 보이는 겉모습과는 달리 내면은 불안정한 두려움을 껴안고 있는 느낌이었다.

불안함을 숨기려는 듯 부는 방 안을 어슬렁댔고 레이는 굳은 표정으로 의자에 앉아 있었다.

목탄으로 그리는 스케치가 끝나자 이미지가 강하게 떠올랐다.

빨간 블라우스, 파란 새 브로치.

그 두 색깔의 조합을 보고 있으니 다른 색은 아무것도 필요 없을 것 같았다.

나는 망설임 없이 빨강과 파랑 물감만 팔레트에 짰다.

스르륵 흘러내리는 레이의 긴 머리카락. 우선 파랑을 듬뿍 묻힌 붓으로 하얀 도화지를 칠하고…….

그때 퍼뜩 스쳤다.

……페인팅 나이프.

왜 그것에 생각이 미쳤는지 나도 알 수 없다.

하늘의 계시라고 하면 그럴지도 모른다.

머릿속에서 뭔가가 탁 하고 터지듯이, 아주 먼 곳에서 한 줄기 빛이 번쩍 빛나듯이.

수채화에 정착하기까지 나는 다양한 도구를 사용해 그림을 그렸다. 크레파스, 색연필, 그리고 유화도 조금씩 그렸다.

수채화를 주로 그리기 시작하면서부터 사용하지 않고 넣어둔 페인팅 나이프를 찾아낸 나는 조급해지는 마음을 억누르며 다시 이젤 앞에 섰다.

파란색으로 칠한 레이의 머리카락에 이번에는 소량의 빨간색 물감을 덧칠했다. 보랏빛을 띤 파란색으로 변한다. 물감이 마르기 전에 바로 페인팅 나이프 끝으로 쓱 긁는다.

스크래치.

삭 소리가 났고, 그곳에 한 줄기 하얀 선이 떠올랐다.

이거야 하는 느낌이 들었다.

머리카락의 반짝임을 표현할 멋진 도구를 갖게 된 것이다.

그때까지 나는 그림에 개성이 없어 고민하고 있었다. 그냥 저냥 무난하게는 그린다. 그러나 그래서는 사람들의 평가를 받을 수 없다. 내가 아니면 안 되는 특별한 무언가를 계속 찾고 있었다.

흥분된 마음으로 머리카락을 그리며, 그걸 드디어 발견한 느낌이 들었다. 혹시 이건가?

그리고 또 하나 감동적인 것은, 그 뒤에 눈앞이 아찔할 정도로 아름다운 장면과 마주한 것이다.

그때까지 떠들던 부가 갑자기 침묵했고 언제부터인가 레이와 둘이 눈을 맞추고 있었다. 그 옆에서 붓과 나이프를 움직이는 나는 점점 짙어지는 분위기를 강하게 느꼈다.

한마디 말도 없이 서로 마주 보는 연인들.

나는 새삼 레이를 가만히 보았다.

그러자 왜 그런지 눈앞에 있는 레이의 안타까운 표정이 점점 빛을 내기 시작했다.

뺨은 발그레하게 장미색으로 변했고 눈썹은 세상에서 가장 아름답게 일그러진다.

그리고 무엇보다도 그 눈동자. 격렬한 감정을 필사적으로 참아내며, 거기에 비치는 부에 대한 사랑으로 젖어 있었다.

어떻게든지 이 모습을 그리고 싶다.

나는 정신없이 도화지 위에 레이를 옮겼다. 화가로서 이런 순간을 마주하다니 더할 나위 없는 기쁨이었다.

그러나 잠시 뒤, 문득 화가가 아니라 친구로서의 마음이 스쳤다.

이렇게나 사랑하는데…….

둘은 이제 곧 헤어져야 한다.

힐끔 곁눈질로 부를 보니 눈물이 뺨을 타고 흐르고 있다.

나까지 마음이 아파 도화지로 눈을 피한 그때.

꽈당! 큰 소리가 났다.

깜짝 놀라 고개를 드니 레이가 앉아 있던 의자가 바닥에 쓰러져 있었다.

레이가 세차게 일어났기 때문이다.

그리고 그와 동시에 부도 뛸 듯이 일어났다.

두 사람은 같은 속도로 달려가 끌어안았다. 강하게, 아주 힘껏.

변함없이 말은 없었고, 그저 울면서, 서로의 마음을 분명하게 확인하면서.

나는 그 에스키스를 완성했지만 '본 그림'을 굳이 그리지는 않았다.

필요 없어졌다. 실시간으로 그런 장면을 그리는 행운을 잡았으니까. 아무리 다시 그려도 그 이상의 작품이 될 리 없다.

그 그림에 〈에스키스〉라는 제목을 붙인 것은 부다.

앞으로 그려갈 두 사람의 미래, 그것이 에스키스 그 자체라고.

부는 감사한 마음을 담아 〈에스키스〉를 사겠다고 했다.

"값은 잭이 정해."

값을 정할 수 없었다. 감사함을 표하고 싶은 쪽은 오히려 나였다.

고심 끝에 말했다.

"돈은 됐어. 다만 그 대신…… 가능하다면 많은 사람에게 이 그림을 보여주면 좋겠어."

레이가 귀국한 뒤 두 사람의 연애 기한은 '무기한'이 되었다고 부는 웃으면서 알려주었다.

서로 대학과 디자인 학교에 다니며 1년 동안 장거리 연애라는 것을 했는데 둘 다 그런 건 처음이었던 것 같다. 상대를 원하고 배려하는 마음이, 만날 수 없는 불안을 초월해 따뜻하게 자라갔다.

레이는 대학을 졸업한 뒤 무역 회사에 취직했다. 대학 때와 마찬가지로 본가에서 다닐 수 있는 직장이었다. 그러나 반년도 지나지 않아 본가를 나오기로 했다.

부가 일본으로 날아간 것이다. 부에게는 엄청난 결단이었음이 틀림없다.

쭉 가보고 싶어 했지만 기회도 없었고 용기도 내지 못했던 일본.

그러나 부에게 드디어 '이유'가 생겼다. 레이가 있다는, 그 무엇보다 큰 이유다.

그러니 부를 일본으로 데려간 사람은 레이다. 가끔 나에게도 말한 '용궁'에서 마침내 나갈 수 있게 된 것이다.

부는 거의 맨몸으로 멜버른에서 일본으로 건너갔다.

레이가 사는 곳, 시즈오카로.

시즈오카에서 두 사람은 아파트를 빌려 함께 살기 시작했다.

문패에는 두 사람의 이름이 나란하다.

엔죠지 소우, 타치바나 아카네.

부는 그래픽 기술을 살려 디자인 회사에서 일했고 조금씩 일본에 익숙해졌다.

그리고 두 사람에게 꿈이 생겼다.

돈을 모아 도쿄로 가 자신들의 화랑을 차리자는 꿈.

그 꿈은 큰 문제 없이 순조롭게 실현됐다.

둘은 도쿄 안에 작은 화랑을 차렸다. 부는 미술에 조예가 깊고 나라는 달라도 미술상의 일을 어느 정도 이해하고 있었다. "엔죠지 화랑은 좋은 작품을 갖고 있다"고 평판도 높았던 것 같다. 거실이 없는 원룸, 낡고 좁은 집에서 살면서도 그들은 화랑 경영에 전력을 쏟았고 꿈을 크게 부풀려갔다.

3년 정도 지난 후에는 몇몇 화랑과 공동으로 그룹전을 개최한다고 들었다. 판매는 하지 않고 어디까지나 전시만을 즐기는 이벤트라고 했다.

소중하게 아껴둔 작품을 출품한다는 콘셉트인데 부는 〈에스키스〉도 출품한다고 메일로 보고해주었다.

그 무렵 내 그림은 멜버른에서 조금씩 인정받았다.

〈에스키스〉를 그린 뒤로 페인팅 나이프 사용법을 다양하게 모색해서 독창성을 찾아가고 있었다. 다음 해 미술전에서 작은 상을 탔고 그 덕분에 미술 관계자와의 연결고리가 생겨 얼마 안 되는 작품을 전시할 장이 마련되기도 했다. 페인팅 나이프는 나에게는 둘도 없는 단짝이 되었다.

아르바이트하던 화방에 몇 번 그림을 걸어둔 일도 빛을 발했다. 그 그림을 본 사람들이 조금씩 입소문을 내준 것이다. 아직 그림 한 점만으로 생활비를 벌긴 힘들었지만 한 점을 의뢰한 뒤 재구매하는 경우가 많아졌다.

"일본에 놀러 오지 않을래? 이벤트에 초대할게."

부의 요청을 고맙게 받았다. 그게 내 첫 일본 방문이다.

오랜만의 만남이었다. 부와 레이와 〈에스키스〉와의.

레이가 머리를 짧게 잘라서 깜짝 놀랐다. 그러나 그게 또 잘 어울렸고 매력적이었다. 그때 레이는 서른을 넘겼지만 〈에스키스〉 안의 빨간 블라우스 소녀보다 훨씬 순수하고 쾌활한 미소를 보여주었다. 두 사람의 마음이 잘 맞아 인생이 다채롭고 풍요로워지는 것을 나는 눈부시게 바라보았다. 두 사람이 만드는 역사의 증인이 될 수 있었던 걸 영광으로 여겼다.

그리고 또 한 사람, 생각지도 못한 기적의 재회가 있었다.

이벤트에 전시된 〈에스키스〉는 나도 모르게 악! 소리를 칠 만큼 멋진 액자에 넣어져 있었다. 깔끔하고 신중하고 그러면서도 느긋하게 감싸 안는 듯하다. 액자의 네 귀퉁이에는 산뜻한 날개가 조각돼 있다. 그리고 무엇보다 박의 색이 마음을 사로잡았다. 화려함을 억제하면서도 화사함을 담았고 그림의 색채와도 절묘하게 어울렸다. 약간 푸르스름한 색을 머금은 시크한 골드.

미술계에서 흔히 쓰는 말로 '완벽한 결혼'이었다.

"액자 장인이 만든 거야"라고 부는 말했다.

도대체 어떤 사람일까? 어떻게 내 그림을 이렇게나 이해하고 사랑하는 걸까?

"이따가 이벤트에 온다고 했어."

그 말에 궁금해하며 기다리던 내 앞에 나타난 사람은…….

소라치.

그는 내 모습을 보자 눈을 반짝이며 강아지처럼 달려왔다. 그리고 떠듬떠듬 영어로 열심히 멜버른 화방에서 만났을 때를 이야기했다. 도중에 활짝 웃는 얼굴로 머리를 감싸더니 빠르게 일본어로 부에게 쏟아내곤 영어로 통역을 부탁했다.

물론 나도 기억한다. 아트센터 그림을 눈도 깜박이지 않고 들여다보던 일본인 청년. 빨간 도쿄 타워를 그려준 일도.

다음 날 우리는 다 함께 도쿄 타워에 올라갔다. 애초에 내가 '도쿄 체류 중에 가고 싶은 곳'으로 골라두었던 곳이기도 하다.

전망대에서 시내를 내려다보면서, 소라치는 숨을 크게 쉬며 조금 글썽이는 눈으로 부에게 뭔가를 말했다. 부가 상냥하게 미소 지으며 내게 영어로 전해준다.

"꿈이 꿈을 초월한 적이 있다는데."

소라치는 나를 만나기 위해 멜버른으로 가려고 했던 것 같다. 그런데 이렇게 빨리 일본에서 만나 함께 도쿄 타워를 오르게 될 줄이야.

나도 그래, 소라치. 상상도 못 했어.

〈에스키스〉에게 저렇게 좋은 안식처를 만들어주다니. 저 그림과 저 액자는 백 년 후에도 쭉 함께할 거야.

엔죠지 화랑을 접는다는 편지를 받은 건 그로부터 10년이 채 지나지 않았을 때다.

마흔이 되어갈 무렵 나는 일본에서도 개인전을 열 정도가 되었다. 그건 분명 엔죠지 화랑 덕분이다. 그들은 적극적으로 내 그림을 소개했다. 손님들과 미디어가 추천 화가를 물으면 맨 먼저 내 이름을 거론했다.

그러나 한편으로 화랑을 계속 경영하면서 부에게 갈등이 생긴 것 같았다.

그림을 좋아하고 그림에 둘러싸여 그림을 사람들에게 추천하고 팔고…… 즐겁기만 할 줄 알았는데 그 일의 어두운 면을 피할 수 없음이 점점 힘들었을 것이다.

'이래서는 우리 부모님이랑 똑같잖아.'

편지에는 그렇게 쓰여 있었다.

예술과 비즈니스가 얽히고설킬 때 좀처럼 투명하게 끝낼 수 없는 부분이 있다. 그림과 화가에 대한 열의만으로는 운영할 수 없다. 취급하고 싶지 않은 상품을 요구받을 때도 있고 밀어주고 싶은 그림이 변변찮게 다루어지는 일도 봐야만 했다.

실제로 뒷거래가 일어나는 것도 무시할 수 없다.

무엇보다 부의 가장 큰 고민은 그림 '가격'이었다.

그림의 가격은 변동적인데, 부는 그걸 때때로 이해할 수 없었다.

왜 이 그림이 이 금액이지? 낮든 높든 부가 생각하는 가치에 맞지 않는 상황에 직면하면 부는 아무 일도 할 수 없었던 것 같다.

레이와는 끊임없이 싸운 듯하다. 부에 비해 레이는 실리적이고 세상 물정에 밝았다. 화랑을 계속 경영하려면 다소 눈을 감고 받아들여야만 하는 일도 있다. 그것을 주춧돌로 더 커지면 된다. 미술상이라는 건 그런 것이라고.

"내가 잘못 생각했어. 그림 가격을 그린 화가도 아닌 다른 사람이 정하다니 야만스러워."

부는 그렇게 말하고 화랑을 접고 말았다.

레이의 입장에서는 '뭐야, 새삼스럽게'라는 느낌이었으리라. 왜냐하면 그게 미술상이 하는 일이기 때문이다.

나는 부의 말을 어쩐지 알 것 같았다.

무명일 때는 아무도 거들떠보지도 않던 내 초기 그림도, 나중에 그린 다른 작품이 평가받아 '잭 잭슨'의 이름이 알려지니 갑자기 가격이 올라갔다.

그림은 전혀 달라지지 않았는데도.

변한 것은 세상의 가치관이다. 그린 사람의 생각과는 관계 없다.

부의 초조함은 그림을 너무 사랑해서 생긴 고뇌였다고 생각한다.

하지만 지금의 나는 생각이 바뀌었다.

신기하게도 그림은 많은 사람이 보고 많은 사람에게 사랑받는 사이에 제멋대로 자꾸만 성장해가는 것 같다. 화가에게서 떠난 뒤 저절로 힘이 붙는다.

그건 왜 그럴까? 예술 작품은 모두, 사람들 눈에 비치고 사람들 마음에 살면서 숨을 쉬는 존재인지도 모른다. 나는 창작자가 아닌 수용자의 염원이나 기도가 담긴 것이라고 심플하게 느낀다.

엔죠지 화랑을 정리한 후 부와 레이는 '카도르'라는 카페를 열었다. 프랑스어로 '액자(Cadre)'를 의미하는 단어로 상호를 지은 것으로 보아 미술상을 그만두었어도 그림과는 떼려야 뗄 수 없는 부의 마음이 보인다.

부는 카페 경영을 즐겼던 것 같지만 레이는 앙금이 남았나 보다. 싸우기라도 하면 그나마 괜찮은데, 말을 전혀 하지 않는다고 부는 투덜거렸다.

그래도 카페 내부에 두 사람이 가장 좋아하는 그림을 잔뜩 걸어두어서 방문하는 손님들이 "마치 갤러리 같은데"라고 한다니, 그런 의미에서는 그게 정말로 부가 원하던 광경이었는지도 모른다.

수염을 깎으면 그 자리가 파르스름해지는 게 걱정이라고 차라리 깎지 않는 게 낫겠다며 부가 턱수염을 기르기 시작한 것도 이즈음이다.

언젠가 만화가의 잡지 인터뷰 장소가 된 적이 있다. 부는 그 잡지를 내게 한 부 보내줬다.

그 페이지는 컬러였고 대담 기사 한가운데 크게 사진이 실렸다.

다카시마 츠루기와 스나가와 료라는 두 만화가. 그 사이에 〈에스키스〉가 있는 것을 나는 얼마나 행복한 마음으로 보았는지 모른다.

그러나 카페 카도르도 길게 이어지지 않았다.

개점한 지 7년 정도 지났을 무렵 바로 근처에 대형 체인 카페가 생긴 것이 큰 원인이었다. 평소에도 별로 없던 손님들 발길이 뚝 끊겨 극복할 수 없는 적자가 계속되자 하는 수 없이 폐점을 결정했다.

두 사람은 각자 새로운 일을 찾았다.

엔죠지 화랑과 카도르를 경영했을 때부터 부는 디자인 회사에서의 경험을 살려 전단이나 팸플릿을 스스로 제작했다. 그런 예전 연줄을 이용해 프리랜서 디자이너로 일했다.

레이는 수입 잡화점에서 일하기 시작했다.

그 가게 주인은 레이가 멜버른에서 공부할 무렵 아르바이트했던 면세점 선배인 유리 씨라는 여성이다. 귀국한 뒤부터 느슨하게나마 연락했던 사이라 카페의 폐점을 알고 불렀다고 한다.

'릴리알(Lilial)' 프랑스어로 눈부신 하얀 백합.[*] 가게 이름을 듣고는 역시나 하고 고개를 끄덕였다.

멜버른에서 바비큐 파티에 레이를 초대한 사람도 유리 씨였다고 한다. 그 사람이 없었다면 부와 레이는 만나지 못했을 것이다.

운명의 길잡이는 어디에 있는지 모른다. 그리고 본인은 그런 대단한 일을 했다는 자각이 없다는 게 참 재미있는 점이라고 절실히 느낀다.

2년 전.

1월 말경에 부가 멜버른으로 혼자 찾아왔다.

나는 시드니에서 개최된 개인전에서 막 돌아왔고 갤러리

---

[*] 일본어로 '백합'을 '유리'라고 한다.

와 전시회 의뢰를 받아 정신이 없었다.

부의 연락을 받고 시간을 냈고, 우리는 부가 묵고 있는 호텔 라운지에서 만났다. 부는 부모님에게 멜버른에 있다고 알리지 않은 것 같았다.

부는 어쩐지 파리한 얼굴이었다.

"······이걸 돌려주려고 왔어."

두껍고 튼튼하며 커다란 천 주머니를 가만히 내민다.

우울한 그 표정에서 내용물이 〈에스키스〉임을 단박에 알아차렸다.

부는 적은 말수로 띄엄띄엄 전했다.

레이가 아파트를 나간 일. 레이가 앞으로의 인생은 혼자서 잘해보고 싶다고 말한 일.

"쭉 마음 한편으로 생각했어. 내가 레이의 인생을 망친 건 아닌가. 내가 하고 싶은 일만 하다가 결국 아무런 성과도 없고. 레이가 혼자 하고 싶다면, 이제 내가 방해하면 안 될 것 같아."

주머니 안을 들여다보니 하얀 포장지가 보인다. 액자에 담긴 그림을 상자에 넣고 아주 꼼꼼히 포장했다. 마치 선물처럼 정성껏.

부는 이 그림을 차마 짐으로 부칠 수 없었으리라. 잘 안고 와서 내게 건네주고 싶었을 것이다.

희미한 미소를 띠면서 부가 말했다.

"미안해. 나는 이제 이 그림을 갖고 있을 수가 없어. 그렇다고 처분하지도 못하겠고 누군가에게 주거나 팔 수도 없어. 그러니까 잭이 받아줘."

나는 알았다고 말하고 천 주머니 채로 조심히 받았다.

"……다행이다."

고개를 숙이고 그렇게 말하는 부의 목소리가 떨렸다.

조용히 물었다.

"멜버른으로 돌아올 거야?"

부는 한참을 침묵하며 테이블 가장자리를 보았다.

그리고 문득 웃고는 내 질문에서 벗어난 말을 했다.

"멜버른은 지금 한여름이지만 일본은 한겨울이야, 잭. 신기하지? 아파트 창문의 결로가 심해서 말이야, 가서 청소해야 해."

생각해보면 그때 부는 결심했는지도 모른다.

레이의 행복을 비는 한편으로 함께 살던 아파트에서 기다리기로 말이다.

언제라도 레이가 돌아올 수 있는 곳에서.

그리고 그곳은 아마, 레이가 없다고 해도 부가 돌아갈 곳이다.

이 세상에서 오직 하나뿐인.

작년 2월.
어쩐지 먼저 연락하기가 좀 그랬는데 부에게 전화가 왔다.
레이가 돌아왔다고 겸연쩍은 듯이 보고한다.
그리고 앞으로 새로운 화랑을 차릴 계획이라는 것도.

〈에스키스〉를 돌려달라는 말을 부가 먼저 꺼내기는 아무래도 어려울 것이라 짐작했다.
　화랑에 걸어두길 바라는 마음으로, 그때의 부와 마찬가지로 나도 이 그림을 부치지 않고 직접 들고 가서 전하겠다고 마음먹었다. 그 포장 그대로.
　나는 은밀하게 계획을 세웠다. 화랑이 오픈할 때가 오면 이 그림을 들고 그들을 만나러 가리라.
　그러나 그 계획은 조금 다르게 전개됐다.

　오늘 아침 일이다. 부가 전화했다.
　레이가 돌아왔다는 보고를 한 지 1년이 지났다.
　"드디어 갤러리 오픈을 다음다음 달로 정했어."
　축하해. 진심을 담아 축하의 말을 건넸다.
　그런데 엔죠지 화랑을 접었던 부가 왜 다시 화랑을 운영하려는 걸까? 부는 시원스러운 말투로 말해줬다.

레이와 헤어졌던 1년간, 부는 많이 생각하고 많이 보면서 자신이 살아온 인생을 더듬어 마주했다. 멜버른에서는 부모님 그늘에서, 일본에서는 레이와 살던 부에게 혼자서 자신과 마주하는 시간은 처음이었다.

마음이 불안하고 피곤한데도 잠 못 드는 날들이 이어졌다고 한다. 고양이와의 만남과 생활이 부에게 평온함을 가져다 줘서 다행이었다.

그리하여 부가 결정한 것은 역시 미술상으로서의 길이었다.

자신이 진심으로 훌륭하다고 느끼는 화가의 그림을 세상에 내보이는 일.

레이와 함께 꿈만 꾸면서 도쿄로 왔을 때의 부와는 이제 경험치도 지식의 양도 인맥도 차이가 난다. 각종 과제를 풀어내는 맑은 눈과 견고한 정신이 단련되었다. 나이를 먹는 것도 나쁘지 않다며 부는 웃었다.

부모에게서 독립해 일본을 뛰쳐나온 부의 부모님.

그 부모님으로부터 독립해 일본으로 돌아온 부.

부는 이제 안식처를 찾아 헤매는 일도, 자신이 어떤 사람인지 고민하는 일도 없을 것이다.

전화기 너머에서 부가 말했다.

"그래서 〈에스키스〉 말이야, 아무래도 돌려받을까……."

아아, 그거라면 내가 들고 갈 거야. 그렇게 대답하기 전에 먼저 부가 말했다.

"그렇게 생각했지만, 앞으로 쭉 잭이 가지고 있었으면 해."

"어?"

"이제는 네가 가지고 있는 편이 훨씬 많은 사람에게 보여 줄 수 있을 거야."

부는 단호하게 말했다.

나를 사람들에게 인정받는 화가라고 생각하는 마음이 잘 느껴진다.

"그리고"라고 말하며 부는 상냥하게 웃었다.

"우리는 이제야 겨우 본 그림을 그릴 수 있을 것 같아."

나도 모르게 웃음이 터졌다.

그렇구나, 역시 그랬어.

에스키스.

데생, 스케치 등과 비슷한 의미지만 결정적으로 다른 부분이 있다.

이걸 바탕으로 본 작품을 반드시 완성한다. 그리는 사람에게 그런 의지가 있다는 것이 다르다.

내 수채화는 예기치 않게 에스키스 그대로 실제 작품이 되었다.

그러나 두 사람의 에스키스, 그 본 작품은 내가 그리는 게 아니다.

부와 레이, 그들만이 완성할 수 있다.

"레이는 잘 있어?"

내가 물었다. 지난해, 몸이 좀 안 좋아서 릴리알을 쉬고 있다고 들었다.

부는 "응" 하고 기쁜 듯이 대답한다.

"최근에는 릴리알에 다시 나가. 그리고 다음 달, 갤러리 오픈 전에 한번 둘이서 멜버른에 가려고 하는데, 만날 수 있어?"

물론 대환영이다. 두 사람이 사이좋게 비행기를 탄 모습을 상상하자 정말 기뻤다.

부의 전화를 끊은 뒤 나는 작품을 보관하는 전용 방으로 향했다.

나는 지금 생활하는 집 말고도 아틀리에를 가지고 있다.

여기서 그림을 그리거나 사람을 만나거나 인터뷰를 하기도 한다.

방 안쪽에 소중하게 보관한 천 주머니.

선물처럼 잘 싸여 있는 포장지를 드디어 풀었다.

상자 안에서 모습을 드러낸 〈에스키스〉.

오랜만에 마주했다.

이 그림을 그린 뒤로 31년이 지났다. 나는 이제 쉰하나다.

〈에스키스〉에게 말을 건다.

오랜 여행을 하고 왔네.

너는 내가 모르는 광경을 많이 보고 왔겠지.

수많은 다양한 사람과 만났을 거야.

그들은 그곳에서 무슨 생각을 하고 어떤 대화를 했을까?

나는 그걸 알 수 없지만 그게 좋아. 굉장히.

내가 할 수 없는 일을 네가 해준 게 기뻐.

나는 지금도 계속 그림을 그리고 있어. 여기저기서 전시회를 기획하고 화집도 몇 권이나 나왔고 여러 나라에서 초대도 받았어.

작은 개인전을 열 수 있는 나만의 아틀리에도 생겼어.

내 팬이라는 사람들이 응원해줘. 내 그림을 사랑하고 기다려주기도 해. 거기에 힘입어 여기까지 올 수 있었지.

이 모든 게 너로부터 시작했어.

페인팅 나이프를 사용한 그 순간부터.

평범했던 내 그림에 부여된 하나의 개성.

그때 나는 화가 지망생 잭 잭슨이 아닌, 화가 잭 잭슨이 된 거야.

나는 조심스럽게 액자를 들고 〈에스키스〉를 벽에 걸었다.
평소 내가 가장 오래 시간을 보내는, 늘 그림을 그리는 장소에.

나를 화가로 만들어준 그림.
그림은 죽지 않는다.
화가가 죽어도 보는 사람이 있는 한 영원히 살아간다.

여기서 나를 보고 있어줘.
데생용 연필 한 자루 사는 것조차 힘들었던 시절의 초심을 잊지 않도록.
그림을 계속 그려가는 나를 격려해줘.
그리고 조금이라도 교만해질 것 같으면 야단도 쳐줘.

벽에 걸린 그 그림 앞에 나는 서 있다.

아름다운 액자에 담긴 〈에스키스〉는 많은 것을 이야기한다. 나만 알아듣는 언어로.

나는 사랑스러운 그 모습과 마주하며 미소 짓는다.

아아, 좋은 그림이다.